四十回のまばたき

重松　清

幻冬舎文庫

四十回のまばたき

0

耀子《ようこ》は、一九八〇年代の冬を知らない。

最後の冬の記憶は、一九八〇年十二月八日のジョン・レノンの暗殺だった。

もっとも、耀子はビートルズに思い入れを抱く世代ではない。一九六九年に生まれ、レノン&マッカートニーよりもショパンを好み、だからいまは彼女は二十四歳で、陽あたりのいい彼女の部屋には古びたアップライトのピアノが置いてある。

「ジョン・レノンって人が殺されたニュースをテレビでやってたのは、憶《おぼ》えてるのよ。ファンの女の子たちが事件の現場にロウソクを持って集まって、なんとかっていうバラードを合唱してて、けっこういい曲だなあって思ってるうちに記憶がなくなったの」

その年の、その瞬間以来、耀子は毎年冬になると眠ってしまう。春まで、ぐっすりと眠るのだ。

冬眠。耀子はよく冗談めかして、自分の病気をそう呼ぶ。

だが、何年か前に彼女を診察した精神医学の専門家も、戸惑いを隠しきれないうわずった声で同じ言葉を口にした。

「これは、その……やはり冬眠としか言えませんな」

冬の間の耀子は、一日の九割以上を眠って過ごす。残りの一割たらずの時間で食事を摂《と》り、トイレに行き、風呂《ふろ》に入る。ただし、それらの行動は意識的なものではなく、生命を維持するために本能的におこない、あるいは周囲の人間が無理にやらせているにすぎない。思考回路は、冬になるとほぼ完全に停止してしまう。目や耳から入ってくるものも、すべて体をすり抜けてしまう。耀子は、なにも喋《しゃべ》らず、なにも考えず、なにも記憶に残さない。時間の流れすら痕跡《こんせき》をとどめることはない。夏が来て、秋が来て、春が来る。北の地方に雪のマークが記された新聞の天気図を眺めながら目を閉じて、次に目を開けると天気図には桜前線が描かれている。ページが途中で抜け落ちた本を読んでいるようなものだ。

そんなふうに、耀子は十三年間、これまでの人生の半分以上を過ごしてきたのだ。

ぼくが初めて耀子に会ったのは六年前のことだ。

耀子は十八歳で、その年の夏に母親を癌《がん》でうしなっていた。父親は、彼女が三歳のときに肝硬変で世を去っている。彼女の家族は東京に住む六歳違いの姉の玲子《れいこ》だけになってしまい、故郷の町から東京までは、気軽に行き来できるような距離ではなかった。

親族会議が何度か開かれ、耀子は春から夏までは故郷で一人暮らしをして、秋と冬を新婚間もない玲子の家で過ごすことになった。玲子の夫は、妻のたった一人の家族を見捨てることもできず、ベランダに面した一番陽あたりのいい部屋を耀子に与えることと引き換えに、母親の生命保険金の一部を頭金にして郊外に3ＬＤＫのマンションを買った。人が善《い》いのか計算高いのかわからない耀子の義兄が、つまり、ぼくだ。

故郷の町やその周辺に住む親戚《しんせき》は、誰も耀子を引き取ろうとはしなかった。耀子は出席日数不足のために高校を一年で中退し、もちろん年間通しで働くこともできず、たまに短期のアルバイトをやる以外はぶらぶらと過ごすだけという生活を送っていた。働きもせず、学生でもない。小さな田舎町ではそれだけでもじゅうぶん厄介者と呼ばれるし、誰だって秋の終わりから春の初めまで寝たきりになるような娘を抱えたくはないはずだが、親戚が耀子を嫌う理由は、さらにもうひとつある。

「身内の恥だから、できればずっと黙っていたかったんだけど」

玲子は耀子を引き取ることを決めた夜、そんなふうに前置きして事情を説明した。

中学に入った頃から耀子にはずっと悪い噂がつきまとい、玲子をはじめ彼女のごく身近にいる人間は、それが噂ではなく事実だということを知っていた。

耀子は誰とでも寝る。男に声をかけられて服を脱ぐだけではなく、自分から誘うこともある。中学時代やごく短かった高校時代には、相手は学校の先輩や同級生だったのだが、高校を中退してからは、玲子の言葉を借りれば「手当たりしだい」になってしまった。

「病気なのよ、あの子。冬眠と、セックスと。私の同級生で地元で就職した男の子も、何人も寝てるみたい。だから、私、同窓会なんか絶対に行かないし、結婚式にも誰も呼ばなかったのよ。狭い町だからね、親戚もみんな知ってるわ。死んだお母さんもね。春と夏と秋は男と寝る、冬は眠る……。あの子がお母さんを殺しちゃったようなものよ」

耀子は冬眠によって一年のうち四分の一の時間を奪われてしまった。春と夏と秋の三つの季節に一年が凝縮される。その無理が精神のバランスを崩していったというのが、玲子の見立てだった。だから玲子は「病気」という言葉を遣い、話の途中で何度もため息をつきながらも、口調には耀子を咎《とが》めるような響きはなかった。

「けろっとしてるの。罪悪感とかモラルに反してるとか、そういう気持ちがすっぽり抜け落ちちゃってるのよ。でもね、あの子、それが好きなわけじゃないのよ。気持ちよくなったことなんて一度もないって、いつか言ってたの。じゃあなんでするのよって訊《き》いても、自分でもわかんないんだって。逆に訊かれちゃった。玲ちゃん、なんで人間ってあんなことするんだろうねって……」

話しているうちに、玲子は途方に暮れた顔になってきた。母親は生前、せめて妊娠だけはしないようにと耀子に言いつづけていたのだという。わざわざコンドームを買って、外出しようとする耀子の上着のポケットに無理やり押し込んだこともある。情けなくてたまらない、と玲子は涙を浮かべる。

「避妊なしでしたことも何度もあるんだって。でも、妊娠はしないの。どんなに危ない日でも絶対に妊娠しないんだって、自慢するみたいに言うのよ。たぶん冬眠するから神様が赤ん坊を産ませてくれないんだろうって。そんなこと平気な顔して言うのよ。病気なの、かわいそうなのよ、あの子……」

玲子はうつむいて、自分自身に言い聞かせるように一語一語を区切って言った。耀子の病気がどんなものであれ、頼る相手は玲子しかいない。病気がいつ治るのか、将来どうやって生きていくのか、なんの見通しも立たず、けれど玲子とぼくは耀子を引き取ることを決めたのだ。

「だいじょうぶだよ」とぼくは言った。

玲子はゆっくりと顔を上げた。頬《ほお》に涙の跡が残ってはいたが、もう泣いてはいなかった。

「そりゃあそうよ。だいじょうぶに決まってるじゃない。私が心配してるのは、圭《けい》が耀子に誘惑されちゃうんじゃないかってことだけなんだから」

ぎごちない笑顔をつくった。ぼくの名前は圭司という。知り合ったばかりの頃から、玲子は「圭」と呼んでいた。

ぼくが笑い返すと、玲子はもう一度笑い、そして二人ほぼ同時にため息をついた。

それ以来、ぼくと玲子は、耀子の冬眠に毎年立ち会ってきた。

大手の広告代理店のデザイナーである玲子は、わが家の経済を力強く支えるかわりに家事のいっさいを放棄していた。そのため、冬眠中の耀子の面倒は、ぼくがすべてみることになる。

毎朝、読み終えたばかりの朝刊をバインダーにファイルして、耀子のために低カロリーで高タンパクで消化のいい朝食を作り、玲子が浴室で耀子の体を洗っている間にベッドのシーツを取り替え、洗濯糊《のり》の効いたパジャマをクローゼットから取り出す。早起きを強いられる玲子の八つ当たりを受け止めるのも、眠りつづけたい耀子をなだめすかしながら起こすのも、ぼくの役目だ。玲子があたふたと出勤すると、ぼくは朝食のあとかたづけにかかり、耀子は部屋の断ち切られた眠りの糸をきつく結び直す。耀子が寝入ったのを確かめてから、ぼくは部屋の掃除をして、晴れた日には窓を開け、寒い日には部屋に小型のセラミックヒーターを入れ、仕事をして、夕刊をファイルして、夕食を作り、本を読みながら玲子の帰宅を待つ。耀子は、その間、なにも喋らずなんの反応も見せない。なんだか植物園の職員にでもなったような気分だ。

ファイルされた一冬ぶんの新聞は、春になってから耀子が読む。冬眠している間に世の中がどんなふうに変わったかを、一週間がかりで把握するのだ。それを終えて、耀子は、遠い町の、待つ人の誰もいない実家に戻る。再びぼくたちの住まいにやってくるのは、夏の終わりだ。

「まるで渡り鳥だな」

ぼくが言うと、耀子は「この部屋、すっごく寝心地がいいの。圭さんが見守ってくれてるせいかな」と屈託のない笑顔を浮かべる。

玲子と耀子の姉妹は、身の丈や顔立ちがとてもよく似ている。玲子がショートで耀子がロングという髪形の違いさえなければ、そして化粧が嫌いな耀子が玲子を真似《まね》たメイクをする気になれば、耀子は六年前の玲子にきれいに重なりあうだろう。逆に、六年後の耀子の顔を想像したければ、いまの玲子を見ればいい。輪唱のメロディーのようなものだ。

ただし、笑顔だけは違う。玲子は、耀子のような屈託のない笑みは浮かべない。玲子には、どんなに頰をゆるめても淡い蔭《かげ》が残ってしまう。耀子と年の半分を過ごすようになって、初めてそれに気づいた。六年ぶん若返らせた玲子の笑顔はいったいどうだったのか、写真を撮る習慣のないぼくには思い出すすべはない。


春になって目覚めた耀子は、必ず、真っ先にぼくに訊いてくる。

「圭さん、どう？　世界は変わった？」

「たいして変わらない」とぼくが答えると、少し残念そうな顔になり、つづけて「玲ちゃんは？」と訊く。

「あいかわらず忙しいよ。基本的には変化なし」

「じゃあ、圭さんは？　本は売れた？」

「……だめ」

ぼくの職業は翻訳家だ。といっても、収入など手間賃に毛のはえた程度にすぎない。ぼくが翻訳した数冊のアメリカ小説はことごとく、編集者もあきれかえるほどさっぱり売れず、仕事の依頼もしばしば途絶えがちになっている。ある批評家に言わせると、ぼくの訳文は生硬でおもしろみに欠け、原書の魅力である登場人物の存在感やストーリーの躍動感がいささかも感じられず、青春小説よりは電動泡立て機の取り扱い説明書を訳したほうがふさわしいのだそうだ。

玲子が心配していたような事態は、一度も起きていない。耀子は、夏の終わりにわが家にやってきて秋の終わりに冬眠に入るまでの間に、ちょくちょく外出する。外でなにをやっているかは知らない。けれど、少なくともぼくを誘惑するようなことは一切なかった。

「やっぱり、姉貴の旦那《だんな》ってことで遠慮してるのかな」

いつか玲子に言うと、玲子は半分うなずき半分かぶりを振った。

「それもあるかもしれないけど……たぶん、相手が圭だからだと思う。圭だから、耀子の気持ちはバランスを保てるのよ」

「どういう意味だ？」

「圭には、一緒にいる人の心のバランスをうまく取らせる才能があるんだと思うの。胸騒ぎとか、いてもたってもいられないとか、そういう気持ちを消してくれるのよ」

「ダウン系のドラッグみたいに？」

玲子は少し考えてから「違うわ」と言った。ぼくのその才能は、人を陶酔や恍惚《こうこつ》に誘う種類のものではないのだそうだ。

「だいたい、圭は耀子に変な気分持ったことないでしょ。持たれちゃ困るんだけど、でもなんだかそれってすごく不自然なような気もするのよね。うまく言えないんだけど、圭が耀子におかしなことしないってのも、たんにモラルがあるだけじゃないって気がするの。もっと根本的なところで絶対にバランスを崩そうとしないっていうか、崩せないっていうか……」

玲子はそこまで言ってから、あわてて「それでいいのよ。圭がもし耀子に変なことしたら、私、自殺しちゃうから」と顔の前で手を振った。ぼくはただ苦笑いを返すしかなかった。

「看病向きなのよ、圭は。私、おばあさんになって寝たきりになっちゃっても、圭が看病してくれればすごく幸せなまま死ねると思う。胸がときめくとか幸福感に満たされるとかじゃなくて、すごくフラットな感じの幸せなのよ」

「おまえは、俺と一緒にいても胸がときめかないのか？」

冗談ぽく、けれどほんの少しだけ本音を交ぜて訊いた。玲子は黙って笑うだけだった。天真爛漫《らんまん》ではなくて、どこかあいまいな、それがフラットな感じの笑顔というものなのかもしれない。


七年目の三月。つまり、今年。通算十三回目の冬眠を終えた耀子は、いつものように一週間をかけて冬の間のニュースを確認し、いつものように「じゃあ、どうもお世話になりました」と玄関で軽く手を振ってから故郷に帰っていった。

去年と変わらない春が、過ぎていく。

玲子はクライアントとの打ち合わせやらプレゼンテーションやら撮影やら版下の差し替えやらで毎日忙しく働き、週末の朝は死んだように眠る。ぼくは辞書と首っぴきでワープロに向かい、訳者に恵まれればそれなりの部数が捌《は》けるはずのアメリカ小説を翻訳する。

結婚したての頃に比べると、お互いの仕事の量が増えたぶん夫婦の会話の時間は減り、密度も薄れてはいたけれど、それでもまだ世間一般の仲の良い夫婦の範疇《はんちゅう》には収まっているはずだった。

なにも変わらない。変わる要素はなにもない。変化があるとすれば、玲子は六月、ぼくは十二月に三十歳になるという程度で、ひとつ歳をとったくらいで生活のスタイルが変わってしまうとは、とても思えなかった。

しかし、その見通しは、季節が春から夏へ移ろうとしたところで粉々に砕け散ってしまった。

五月。春の名残のような冷たい雨が降った夜。玲子の運転するワインレッドのステーションワゴンは、制限速度四十キロの道路を七十キロで走っていて、カーブでステアリングを切り損ね、ガードレールにつっこんだ。

それでおしまいだった。内臓破裂で即死。死に顔はきれいで、首から下をすげ替えれば歩きだしそうなほどだった。

その夜、ぼくは得意料理のミートローフを、あとはオーブンで焦げ目をつければいいだけのところまで作って、玲子の帰りを待っていた。ラップをかけて冷蔵庫に入れたサラダは、一口食べるとこめかみがキンと鳴りそうなほどよく冷えていて、ボルドーの赤もずいぶん前からデカンタに移しかえられていた。

ささやかな祝杯をあげるつもりだった。

玲子がこの世から消えてしまった日は、ぼくが一冬をかけて訳した長編小説が書店にひっそりと並んだ日でもあった。

1

故郷の町から駆けつけた耀子は、棺《ひつぎ》に収められた玲子の顔を見ようとはしなかった。

「冗談じゃないわよ……こんなのって、あり?」

泣きじゃくりながら、首を大きく何度も横に振る。

「あり、なんだよ」ぼくは言った。「なんでもありらしいぜ、世の中って」

「わかったような言い方しないでよ」

らみつけた。

　耀子はぼくが差し出したハンカチをはたき落として、たちのぼる線香の煙を悔しそうに
「悪かった」

　ぼくは棺の前に落ちたハンカチを拾い上げて、喪服のポケットにしまった。葬儀会社が用意した貸衣装だった。ウエストのサイズを尋ねられたときにきちんと寸法を答えた自分が、なんだかとても嫌な人間のように思えた。

　仮通夜、本通夜、告別式……。玲子が勤めていた広告代理店が取り仕切った一連の儀式は滞りなく流れていった。世の中から一人の人間がいなくなるのはこんなにもあっけないことなのだと、初めて知った。

「圭さん、あんまり泣いてなかったね」

　木箱に納められた玲子の遺骨を抱きかかえて参列者を見送ったあと、耀子は咎めるように言った。

「涙なんて涸《か》れちゃったよ」

　ぼくは胸に掲げた白木の位牌をちらりと見て、苦笑いをこぼした。

　嘘をついた。警察の連絡を受けてからずっと、ぼくは一度も涙を流してはいなかった。警官が立ち会っての遺体の確認、所持品の確認、会社や知人や親戚への連絡など、やらなけれ

ばならないことは次から次へと出てきて、雑事をこなしているうちに玲子は灰になった。

悲しくないわけではない。だが、それは消去法から出てきた答えにすぎないような気もする。

「悲しいんだろ?」と尋ねられれば、うなずく。その程度のものだ。喉《のど》と胸のはざまあたりが、蓋《ふた》をされてしまったように重い。ぼくの悲しみは、おそらく涙ではなく胸灼《むねや》けという形をとって現れるものなのだろう。

「圭さんって、いつも憎らしいくらい冷静だもんね」耀子はため息交じりに言った。「あたしはだめだな。体の中、ぜーんぶ感情みたいなものだから。一年くらいだって泣きつづけちゃうかもしれない」そう言っているそばから、新しい涙が頬を伝う。

「わかるよ」とぼくはうなずき、でもどんなに泣いてもおまえの場合は秋までなんだぜ、と心の中で付け加えた。

葬儀が終わり、生命保険などの事後処理も一段落すると、ひどい虚脱感に襲われた。体に力が入らず、目に映る風景ぜんたいが透明の膜で覆われたみたいで、胸の重苦しさだけが妙にくっきりとしている。仕事はもちろん、起き上がることさえ億劫《おっくう》で、半日以上もベッドの中で過ごす日がしばらくつづいた。

泣いたら楽になるのかもしれない、と思った。泣けば、せめて胸の重苦しさはなくなってくれるかもしれない。

玲子の事故の状況はこんなぐあいだ。

事故現場は、オフィスと自宅を結ぶルートからは大きくはずれていた。事故を起こす直前に玲子は同乗者を車から降ろしていた。強引に車線に合流したワインレッドのステーションワゴンは、急加速しながらカーブに入り、そのままガードレールに激突した。おそらく仕事の関係者を車で送ってやり、ぼくがマンションで痺《しび》れを切らしていると思ってあせって帰宅しようとしたのだろう。

そこまでなら泣ける。不運を嘆き、少しでも早く帰ろうとした玲子の不憫《ふびん》さを思えば、涙はいくらでも出てくるはずだった。

四十九日の法要の数日前のことだ。遺骨に線香をあげにきた玲子の同僚三人にビールとワインをふるまいながら、ぼくはわざと酔いつぶれようとした。すきっ腹にワインを立てつづけに流し込んで、リビングルームのカーペットにへたりこみ、目の焦点を意識的にずらした。同僚たちの話す玲子の思い出話に手助けしてもらって、泣いてしまおうと思った。みっともない姿もいまなら許される。不慮の事故で妻をうしなった哀れな夫という役回りに、ずぶずぶと沈み込むつもりだった。

口が勝手に動く。玲子を懐かしみ、楽しかった出来事の記憶を思いきり脚色して話し、運命を呪《のろ》い、いかに玲子がぼくを愛してくれていたかを語り、後追い自殺すらほのめかしているうちに、胸の重苦しさは少しずつ瞼《まぶた》へと移りはじめていた。重さが熱さに変われば、泣けるはずだった。

ところが、同僚たちの表情はしだいに複雑になってきた。無言で肘《ひじ》をつつきあい、目配せしあう。

ぼくは話をやめた。しばらく気まずい沈黙がつづいた。覚悟を決めたかのように咳払《せきばら》いをして口を開いたのは、三人のうち一番年かさの男だった。彼は「こういう話は、もうちょっと落ち着いてからにすべきでしょうけど」と前置きし、「でも、ご主人がそこまで彼女のことを思ってるのを黙って見てるのは、ぼくらもつらいんです。そんな、後追い自殺まで……」と言い訳して、あくまでも噂話だからという逃げ道も確保したうえで、いくつかの話を聞かせてくれた。玲子と一緒にいたのは彼女の上司であること。事故の数分前まで、二人がホテルの一室にいたこと。その関係は一年前からつづいていたということ……。

瞼の重さは、サイフォンでいれたコーヒーのように、すうっと胸に下がっていった。

玲子の遺骨は、故郷の町で四十九日の法要を終えてから両親と同じ墓に納められることになった。

法要の前夜、耀子は中身が空っぽのボストンバッグを持って上京してきた。遺骨をその中に入れて持ち帰るのだという。

耀子はリビングの隅にしつらえられた小さな祭壇に向き合って線香をあげ、潤みはじめた目元を指で拭《ぬぐ》いながら、ソファーに座ったぼくをふりむいた。

「圭さん、やっぱり出てよ。伯父さんたちだって怒ってたし、どう考えたって四十九日に旦那がいないってのはおかしいと思うよ。お寺にも、東京からなんとか日帰りできる時間で組んでもらってるのよ。玲ちゃんだって、一人で暗ーいお墓に入らなきゃいけないなんて、かわいそうじゃない」

また、目が赤くなる。ぼくは小刻みにうなずきながら耀子の話を聞いていた。耀子の言うことは確かに正しい。けれど、ぼくには、もう玲子のためになにかをしようという気持ちはなくなっていた。

「まかせるよ、玲子のことは」

「なに言ってるのよ。圭さんが供養してあげないと、玲ちゃんいつまでたっても成仏できないよ」

「そんなことないさ。玲子が化けて出ようがなにしようが俺には関係ないよ」

「ちょっとお」耀子はぼくをにらみつけた。「そういう言い方ってないんじゃない?」

「あるんだよ」ぼくはソファーからカーペットに尻《しり》を滑り落とし、耀子と目の高さを同じにして答えた。「あるんだよ、どんな言い方だって」

耀子はまなざしをゆるめ、首をかしげた。きょとんとした顔が困ったような笑顔に変わる。割り切れなさが満ちてはいたが、無防備で、よけいな力の抜けているところは、ふだんの笑みと変わらない。

「ねえ、圭さん、なにかあったの？　すごく今日冷たくない？」

笑顔のままで訊いてきた。どうしてそんなふうに笑えるのだろう。ぼくは祭壇に飾られた玲子の写真をちらりと見た。玲子も笑っている。一年前の写真だ。どういう場面での笑顔だったのか、ぼくは知らない。会社の同僚とどこかへ出かけたときのものだった。一緒に行った相手はひょっとしたら例の上司だったのか。知らない。考えたくもない。いずれにしても、玲子の笑顔は耀子に比べるとぎごちない。顔が似ているぶん、表情の微妙な違いがはっきりとする。玲子はずるい笑顔だ。そう思うようになった。耀子は、すべてをためらいなく受け入れるような、柔らかい笑顔だ。ずるくはない。そのかわり、溶けて流れ出しそうなほど、頼りない。

「ねえってば、圭さん……」

耀子は膝《ひざ》を横に流すようにして、ぼくににじり寄ってきた。襟刳《えりぐ》りのゆったりしたサマーセーターを着ていた。スカートはキュロットだったが、裾《すそ》がめくれ、黒いストッキングの網目から肌の白さが浮かび上がった。上目遣いでぼくを見つめる。ぼくの目は、オレンジがかった口紅で彩られた、半分開いた唇に据えられていた。

バランス。いつか玲子の言っていた言葉を思い出す。

「なあ、耀子」

ぼくは言った。声が震えていた。

「おまえ、いまでも男と寝てるのか」

耀子は「ん?」と聞き返し、いったん視線を下に落とし、喉を低く鳴らしてから顔を上げた。

「まあ、ときどき……玲ちゃんが死んでから、なんかめちゃくちゃ寂しくてね」悪びれた様子はなかった。「でも、そういう言い方しないでくれる? 圭さん、いつもはもっと優しいじゃん」

「優しくなんかないよ。間抜けなだけだ」

「えっ?」

「おまえら、きょうだい揃って男なしじゃいられないのか?」

「ねえって、いったいどうしたの?」

ぼくは答えのかわりに耀子の肩をつかみ、そのまま彼女の体を横倒しにした。バランス。玲子の言った言葉が、玲子の声で蘇《よみがえ》ってくる。

耀子は抵抗しなかった。カーペットの上に倒れ込んだまま、また笑う。屈託のない、なにも守ろうとはしない笑顔だった。

「圭さん、したいの?」

ぼくは黙ってセーターの裾をめくり上げ、手を乱暴に差し入れた。耀子はその手を両手で抱きかかえるようにして、ぼくを制する。

「いいよ、させてあげる。だから自分で脱ぐね。明日の着替えがないから、破れたりすると困るのよ」

「……わかった」

「圭さんとこうなるとは思わなかったけどね」

耀子は寝転んだままで体をくねらせるようにして、セーターを脱ぎ、ブラジャーをはずした。シャンデリアの明かりをまともに浴びていたが、恥ずかしがるような様子はなかった。小ぶりの乳房が揺れる。ぼくは四つん這《ば》いの姿勢で祭壇の玲子の遺影を見つめ、ピントが甘く粒子も粗い笑顔を瞼に刻みこんでから、耀子の白い肌に顔を埋めていった。

玲子が死んだ日に出版された長編小説は、出足こそふるわなかったが、六月に入ると少しずつ部数が伸びはじめた。

長編小説といっても、その作品にはストーリーらしいものはない。長いものでも数ページ、短いものなら一行だけのチャプターが二百近く並んでいる。チャプターとチャプターの関連はほとんどない。三分の一はアメリカ中西部の自然描写で、三分の一は警句めいた独白で、残りの三分の一はかろうじてショートストーリーの体裁は保っていたけれど、話の展開や会話の運びは禅問答のように飛躍だらけだった。ブローティガンの『アメリカの鱒《ます》釣り』に似たスタイルで、読者にそれを思い出させるだけでもマイナス要因だったし、主人公を“YOU”で統一する二人称の手法もさして珍しいものではない。

「もしも売り物になるとしたら」担当編集者は、ぼくに翻訳の話を持ってきたときに言った。「内容うんぬんよりも、日本語版からスタートするってことでしょうね。マイケル・ジャクソンのワールド・ツアーだって日本から始めるご時世ですからね、ひょっとしたら今後はこのパターンが主流って感じになるかもしれませんよ」

確かに、その長編小説は出版の経緯《いきさつ》がかなりユニークだった。常識はずれと言ってもいい。原稿はもちろん英文で書かれているのだが、年齢経歴不詳で、ただ名前から男性ということだけがわかっている著者は、それを本国ではなく日本で、日本語版で出版することを求めた。

エージェントは面食らいながらも、だめでもともとの気分で日本の出版社に売り込んでいった。五社目に乗ってきたのが、この出版社だったというわけだ。

「謎《なぞ》の作家、太平洋を隔てた日本で衝撃のデビュー！　って感じで営業や宣伝も動かしますから」

担当編集者はタイプされた原稿を手に、自信たっぷりに言ったが、ぼくは著者の真意がつかみきれずにいた。アメリカでベストセラーになったというのなら、翻訳はごくあたりまえの話だ。アメリカでは不評だったが日本語版で逆転を狙《ねら》うのも、まあ、わからないことはない。ところが、彼はその長編小説をアメリカではダイジェスト版すら発表せず、いきなり日本語版で世に問おうとしている。英語圏と日本語圏のマーケットの規模を比べてみても、翻訳によるニュアンスの改竄《かいざん》の恐れを考えてみても、メリットはほとんどない。

だが、ぼくの疑問を「ふんふん」とうなずきながら聞いた担当編集者は、最後にあっさりと言った。

「変人なんでしょうね」

「……なるほど」

「じゃあ、原稿、お預けしますんで、よろしく！」

それが去年の夏の終わりのことで、ほぼ十カ月をへて、彼の読みはみごとに的中したわけだ。

「大学の生協での売れ行きがいいんです。翻訳もののベストセラーになるパターンなんです。この調子だと、まだまだ伸びますよ」

七月の初め、担当編集者はシステム手帳に記された数字をぼくに見せて、五度目の増刷が決定したことを教えてくれた。

「正直言って、嬉しい誤算って感じですよ。初版の部数はみじめなものだったでしょ。これで営業部の奴らも見返せますよ」

「って感じ」というのがぼくと同い歳の彼の口癖だ。ぼくはその言い方があまり好きではないのだが、もちろん口癖が気に入らないからという理由で担当編集者の首をすげ替えられるような立場ではない。

「スタートしたのは、本屋の片隅でしょ。すごい出世ですよ。二階級……いや、三階級特進って感じかな」

「ああ、確かに、すごいな」

「どうしたんですか？　あんまり嬉しそうじゃないですね」

「そんなことないよ。翻訳した本が初めて売れたから、ちょっとびっくりしてるだけなんだ」

〝って感じ〟は「なるほど」とうなずきながら、ふと神妙な顔つきになって目をそらした。

「なんか、大きな力に助けられてるって感じですかね……」

「かもな」

ぼくは笑った。玲子の死から二カ月がたって、ようやくふだんの生活のペースが戻りつつあった。胸の重苦しさはまだ残ってはいたが、仕事や日常生活を邪魔されるほどではない。

もしも玲子と上司との話を聞かされていなかったら、こんなふうにすんなりと立ち直れただろうか。ときどき自分に尋ね、そのたびに、流れるように進行した通夜や葬儀の光景を思い出して、無意味だよ、と言い返す。一人の人間が世の中からいなくなるのがあんなにもスムーズだったように、一人の人間にかんする記憶もきれいに消し去ってしまいたい。ぼくはそう願い、それはなんとなくうまくいきそうな気配だった。


四十九日の法要が終わってから、耀子からの連絡は一切なかった。ぼくも、保険金の手続きなどで伯父夫婦に連絡することはあっても、耀子が一人で暮らしているはずの実家には電話の一本すらかけなかった。

あの夜、ぼくたちは幾つも場所を替え、何度も抱き合った。玲子の言うバランスを最初に崩したのは、ぼくだ。だが、耀子はバランスを元に戻そうとするどころか、シーソーで遊ぶ子供のように、ぼくにすべてをまかせていたかと思うと体をするりと入れ替えて、細く柔らかい指と舌でぼくを導いていった。

真夜中過ぎからは、ぼくはただベッドに仰向けに横たわるだけで、耀子が一人で体を動かしていた。

最後に体が繋《つな》がったのは、もう窓の外が白みはじめている頃だった。耀子はぼくの体の上に馬乗りになって、長い髪をバンダナで後ろに結わえ直した。目が会うと、寂しそうに笑った。一晩がかりで抱き合ったのになにも満たされていないような、逆に抱き合う前には持っていたものを失ってしまったような、そんな笑い方だった。

「どうして、そこまでやるんだ?」

ぼくは言った。

「わかんない」耀子は腰を沈めた。「あたし、病気なのよ」

「気持ちいいのか?　こうしてると」

「わかんない」

「相手が俺だからか?」

「わかんない。でも、あたし、圭さんとだけは絶対にしないだろうと思ってたの。いままでは、ずっとね」

耀子はゆっくりと体を動かした。ぼくは目を閉じた。淡い暗がりの中に玲子がいた。なにか言いたそうな顔で、じっとぼくを見つめていた。

目が覚めたときには、耀子の姿はなかった。時計を見ると、もう正午近かった。ベッドで体を起こすと、肌の張りと筋肉の盛り上がりを失った腹の下で、性器が申し訳なさそうに縮こまっていた。

リビングの祭壇には、玲子の遺骨のかわりにメモ用紙が置かれていた。

《じゃあね》

もう耀子には会わないほうがいい、と思った。


ところが。

八月の終わりに、耀子から電話がかかってきた。

「いまから新幹線に乗り換えるから、夕方には着くと思うよ。お土産も買ったから、楽しみに待っててて」

屈託のない声だった。

「どうしたんだ?」

あわててぼくが訊くと、耀子は逆に「はあ?」と聞き返してきた。「去年も、ちょうどいま頃だったじゃない」

「おい、耀子」

「やっぱり、冬眠は圭さんに見守られてなくっちゃね」

ちょっと待てよ、と言おうとしたとき、電話は切れた。

数時間後、耀子はスーツケースを提げて玄関に立っていた。

「今年もよろしくお願いしまーす」

どんな表情をつくっていいかわからないぼくに、にっこりと笑いかける。あの夜のことなど忘れたみたいな、いや、玲子が死んだことまで忘れてしまったような笑顔だった。それを見ていると、玲子がぼくの背後から「耀ちゃん、いらっしゃい」と声をかけてきそうな気さえした。

「今年は、来ないと思ってたんだけどな」

ぼくは玄関で耀子と向き合ったまま、掠《かす》れた声で言った。

「あたしがいると困るの?」

「いや、そういうわけじゃ……」

「お邪魔しまーす」

耀子は、腰をほとんど曲げない窮屈な姿勢でデッキシューズを脱いだ。バランスを崩しかけると、あわてて玄関の壁に手をついて支える。体のどこかをかばっているような仕草だった。

ぼくの視線に気づいたのか、耀子は靴を片方だけ脱いだところで顔を上げた。

「あのね、圭さん。いいこと教えてあげようか」

「なんだよ」

「あたし、妊娠してるの」

耀子は、ごにょごにょとした声で、けれど確かにそう言った。

2

「妊娠って、いったいどういうことなんだ」

仏壇に線香をあげた耀子がリビングのソファーに腰掛けるのを待って訊いた。

「赤ちゃんができたのよ」耀子は細かい格子模様の入ったワンピースの上から、おなかをそっと撫《な》でた。「いま三カ月なの。予定日は三月の二十一日。ぎりぎり魚座になるのかな。どうだっけ」

「はぐらかすなよ。ちゃんと説明しろよ」

「ちょうどつわりの時期だから、いろいろと迷惑かけると思うけど、よろしくね」

「なあ、冗談なんだよな」

「もう心臓だって動いてるのよ。超音波写真、あとで見せたげるね」

ぼくはリビングとひとつづきになったダイニングルームの椅子《いす》に座り、組んだ膝を貧乏揺すりさせながら、ハイライトをくわえた。

「あ、圭さん。煙草はだめよ。そんなの常識じゃない」

煙草をパッケージに戻し、あらためて耀子の顔を見つめた。耀子もぼくを正面から見ている。先に目をそらしたのは、ぼくのほうだった。

「妊娠しない体じゃなかったのか」

「でも、生理は毎月きちんとあったからね。妊娠できないってわけじゃなかったの。いままでは、たまたま当たんなかったってだけなんじゃない？　あたしの卵子って命のもとを繋ぎとめる力が弱かったんだと思うの。だから、セックスしても全然だめだったのよ」

他人事《ひとごと》のようなのんびりした耀子の口調が、かえってぼくの頬をこわばらせる。無意識のうちに再びハイライトをくわえかけ、あわてて唇からはずし、膝を組み替えた。

「父親は……」

「わかんない。日にちを計算してみると、候補は何人かいるんだけどね」

耀子は軽く握った拳《こぶし》を目の高さに掲げた。人差し指が立ち、中指が並び、薬指がつづき、少し間をおいてから小指と親指が立った。じゃんけんのパアができあがる。耀子はそれを、幼稚園のお遊戯の『きらきら星』のように左右に回した。

「ねえ、圭さん。圭さんはどの指がいい？」

なにも答えられなかった。その反応を予想していたみたいに、耀子はくすっと笑う。

「なーんちゃって。だいじょうぶだよ、責任とってもらおうなんて思ってないから。圭さんだけじゃなくて、誰にもね」

「産む、のか？」

「とーぜん」

「でも、まだ、その、間に合うことは間に合うんだろ」

「ちょっとお、縁起でもないこと言わないでよ。赤ちゃんって不思議なものでね、自分が望まれた子供なのかどうか、おなかの中でも感じ取るんだって。産むか堕《お》ろすか迷ってたら流産しちゃったって話、よくあるのよ。あれもね、赤ちゃんが生まれようっていう意欲をなくしちゃったからなの。ほんとうに自分が望まれた子供だってことを知ってれば、がんばって子宮の壁で踏ん張るんだって」

まさか、とぼくが口の動きだけで言うと、耀子は「あたしは、それ、信じる」ときっぱりと言った。「だから、圭さん、あたしと赤ちゃんの前では二度とそんなこと言わないで。お願い。約束よ」

「だけど、おまえ、冬になると……」

眠りつづけるんだぜ。そう言おうとしたとき、耀子は口を掌《てのひら》で塞《ふさ》いで立ち上がった。

「ごめん、圭さん、トイレ!」

玄関脇《わき》のトイレに駆け込み、ほどなく、嘔吐《おうと》するうめき声が聞こえてきた。胃の中にはなにもないのに吐き気だけがこみ上げてくるのだろう、苦しそうな声だった。

また煙草をくわえていた。ライターを手にしたときにそれに気づき、唇の隙間《すきま》から抜き取った。フィルターに唇の薄皮が貼《は》りついていて、無理に引っ張ると、ラクダ色のフィルターに赤黒い血が小さくにじんだ。唇も、喉も、からからに乾いている。

「まいったね……」

つぶやいて、形だけのあくびをすると、それを追いかけてほんとうのあくびが出た。ゆうべからとりかかっていた短いエッセイが、一晩徹夜をしてもまだ終わっていない。〃って感じ〃の仲立ちで注文が来た、いままでにつきあいのない週刊誌の仕事だ。

〃って感じ〃は、ぼくをエッセイストとしてもデビューさせようとしていた。「エッセイの仕事どんどん紹介しますからね。がんばってください」と言われたのは三日前のことで、その日の夕方にはさっそく最初の注文があったというわけだ。

ぼくはダイニングからリビングに移り、ソファーの背に深くもたれかかって、壁に掛かったドローイングを見上げた。何年か前に、玲子が知り合いのカメラマンを通じて安く手に入れた、ニューヨークの若手アーティストの作品だった。数色のアクリル絵の具を飛び散らせただけの、団欒《だんらん》のひとときよりも色弱検査に使ったほうがよさそうな絵だった。

「まいったね……」

もう一度、今度はつぶやきとため息がほぼ同時にこぼれ落ちた。耀子のこと、仕事のこと、いまここに玲子がいないこと、昼がひりひりすること、混乱した頭をドローイングがさらにひっかきまわすこと、すべてが、まいったね、だった。

だが、それ以上感情は動かない。中絶は間に合うのだろうかということだけをさっきから考えている。そんな自分が不思議で、でもやっぱり俺らしいのかな、とも思う。

トイレから出た耀子は、キッチンで何度かうがいをしてからリビングに戻ってきた。ソファーの、ぼくの隣に座り、顔を覗《のぞ》きこんでくる。

「圭さんの翻訳した小説、けっこう売れてるじゃない。本屋さんで見たよ。一番目立つ場所に置いてあった。買わなかったけどね、あとでサインして一冊ちょうだい」

「どうせ読まないんだろ」

「ま、いいじゃん」

耀子は立ち上がった。下腹に手をやり、体の動きをなるべく伝えまいとするみたいにゆっくりと腰を伸ばす。心なしか、体全体が春よりも丸みを増したようだった。

「細かい話はあとでゆっくりしようよ。ちょっと眠いの。あたしの部屋で昼寝していいかなあ」

リビングの隅のドアの向こうに、耀子の部屋がある。ベッドとドレッサーとクローゼットとアップライトのピアノがあるだけの、けれど陽あたりは一番いい部屋だ。

「悪いんだけど、掃除する暇がなかったんだ。とりあえず、布団乾燥機はかけといたけど」

「どれくらい掃除してないの？」

「二週間くらいかな」

「ひどいなあ」耀子はおどけたしかめつらをつくりかけて、ふと真顔に戻り、寂しそうに言った。「ねえ、圭さんは、あたしがもう来ないと思ってた？」

「……ああ」

「でも、あたし、ずっとここで冬眠するからね。来年も、再来年も」

耀子はじゃんけんのチョキをつくった。ピースサインなのかVサインなのか、ぼくには判断がつかなかった。

その夜、ぼくたちは夕食後のお茶を啜《すす》りながら、玲子が死んでからのことをぽつりぽつりと話した。赤ん坊のことは尋ねなかった。エッセイが、まだ終わっていない。

「伯父さんたち、心配してたよ。圭さんはほんとに保険金なしでいいのかって。ま、あたしと山分けになって、本音では喜んでるんだろうけどね」

「いいんだよ。おふくろさんのときにはマンションの頭金にしてもらったし、貯金も少しはあるし、今度の本の印税も入ってきてるからな」

「でも、次の本が売れるとはかぎらないじゃない。そうなったときにどうするの？　ちょっとでも貰《もら》っといたほうがいいんじゃない？」

あの金は遣いたくないんだ。ぼくは心の中で答えた。

玲子にまつわるあらゆるものを手に入れたくもなく、残しておきたくもなかった。七月のうちに、部屋の模様替えはすませた。つくりつけのクローゼットに収められた玲子の衣類を処分して、買い集めていた画集やデザイン用具は形見分けとして玲子の同僚に引き取ってもらい、家具や食器はほとんど買い替え、「まだ十分きれいですけどねえ」と内装業者にあきれられながらも3ＬＤＫのすべての部屋の壁紙やカーペットを取り替えた。残ったのは、《団地サイズ》と銘打たれたコンパクトな仏壇と、頭を混乱させるだけのドローイングだけていることに気づいた。特に気に入っているわけでもないドローイングをなぜ捨てられなかったのか、自分でもよくわからない。

ぼくは模様替えの作業を、感情や感慨をこめることなく淡々と進めていった。ただひとつ、すっかり様変わりした部屋を眺めているうちに、苦笑いがこぼれたことがある。わが家にはたくさんの物があった。けれど、ぼくと玲子が共有していたものはひとつもなかった。あらゆる物が、ぼくのものか、そうでなければ玲子のものだった。ミステリーの文庫本はすべて玲子、SF小説はすべてぼく。ジャズのレコードやCDは玲子、それ以外のジャンルはぼく。リビングのソファーを買ってきたのは玲子で、ダイニングテーブルはぼくの好みを押し通した。家の名義はぼくだったが、車は玲子がローンを組んだ。ぼくと玲子二人のものなど、この家にはなにもなかったのだ。

耀子はおなかを撫でながら、ふう、と息を継いだ。

「つわりって、けっこう大変なのよ。世界中のにおいや味を、ぜーんぶ体が拒否するみたいな感じなの」

「なるほど」

耀子は昼寝から目覚めたあとに一度、夕食前と食後に一度ずつ、トイレに行って吐いた。朝から食べたものは新幹線の中でサンドイッチを一切れだけだと言っていた。酸っぱいものがいいのだろうかと夕食にレモンとキュウリとオクラのサラダを作っても、まったく箸《はし》をつけなかった。

「ねえ、圭さん。仕事がうまくいったのって、嬉しい？」

「宝くじに当たったようなもんだよ。あんまり実感湧《わ》かないんだ」

「たとえばさあ、玲ちゃんが生きてたら、どう？」

「同じだよ、たぶん」

でもさあ、と耀子は首をひねった。「玲ちゃんが生きてたら絶対に喜ぶと思うし、玲ちゃんが喜んでるのを見たら、やっぱり圭さんも嬉しいんじゃない？」と言って、今度は反対側に首をひねる。

「わかんないよ、そんなの」

ぼくはサイドボードの上の時計に目をやり、「まだ仕事が残ってるから」と立ち上がった。

「いよっ、売れっ子翻訳家！」

耀子はぼくの背中に声をかけ、それが吐き気を誘ってしまったのか、廊下に出たぼくを突き飛ばすような勢いでトイレに駆け込んだ。

二晩徹夜して書いたエッセイの評判は、散々なものだった。

原稿をファクシミリで送ると、依頼してきた編集者からすぐに電話がかかってきた。

「原稿いただきました。それで、やっぱり、その、締切までに時間がなさすぎたでしょうか。余裕のない頼み方をして、どうもすみませんでした」

こまごました翻訳の仕事を定期的に回してくれている編集者になると、表現は直接的になる。九月一日、雑誌の発売日の午後に電話をかけてきた若者雑誌の編集者は「なんていうかさ、もう少し伸びやかに書けないもんかねえ。これじゃ読んでるほうも窮屈だぜ」と言い、その三十分後には旅行雑誌のデスクからのファクシミリが送られてきた。《エッセイの勉強が足りないと思います。あんな調子じゃウチの雑誌では依頼できませんよ。もうちょっと勉強したほうがいいと思います。いまが売り出すチャンスなんですから》という文面の後には、エッセイの名著と呼ばれているらしい本の書名が数冊ぶん並べられていた。読んだことのある本は一冊もなく、そのうち二冊はタイトルすら知らなかった。

その日の夕方には〝って感じ〟からも電話が入った。彼は長編小説の六度目の増刷決定を伝えてから、こんなふうに言った。

「最初は、まあ、あんなものですよ。エッセイ集をつくるときには、残念ながら割愛かなって感じですけど……。ハハハッ」

ぼくは、結局、自分の書いた初めてのエッセイを活字で読むことはなかった。雑誌は発売日の午前中に速達で届けられたのだが、封も切らずにゴミ箱に放り込んだ。

原稿はすべてフロッピーディスクに保存するよう〝って感じ〟に言われていたが、そのエッセイの文章はプリントアウトを終えた段階で消去した。ワープロの消去キーを二度押すだけのことだ。なにかがこの世から消えてしまうのは、実にあっけない。下手くそな文章も、みごとな演技力で夫を騙《だま》しつづけた妻も、一緒だ。


九月の第一週、耀子は近所の産婦人科で検診を受けてきた。

「赤ちゃんは順調に育ってるみたい」

嬉しそうにおなかをさする。

だが、つわりのほうは日を追うごとにひどくなっていた。「そろそろピークは過ぎたはずなんだけど」と言いながら、トイレに駆け込む回数の最高記録は毎日更新され、ときにはトイレの前の廊下でタオルケットにくるまって眠ることもあった。すぐに吐くのはわかっていても、赤ん坊のために泣き出しそうな顔で煮干しを何本も齧《かじ》る。おかげでダイニングには魚臭さが染みついてしまった。

中絶のことは、約束どおり一度も口にしていない。それと引き換えに、父親についてもなにも尋ねない。親指から小指まで、五人。リボルバーを使ったロシアン・ルーレットよりも分の悪い勝負だ。それでも、こっそり買ってきた民法の入門書で子供の認知についての知識は頭に入れた。知り合いの中に弁護士がいたかどうかを思い出してみて、二人見つかり、とりあえず安心する。ずるい男だとは自分でも思う。

ぼくにとって初のベストセラー・リスト入りとなった例の長編小説には、こんな一節がある。ぼくはその箇所を、かなり気に入っている。

《義務と責任とは似ているようでいて明らかに違う。義務には常に『かくあるべし』がつきまとうが、責任にはそれはない。『かくあるべし』を律義になぞるのも責任の取り方のひとつなら、『くそくらえ』の精神で逃げ出すのも立派な責任の取り方である。要するに、義務は神に対してなされるもので、責任はあなた自身に対してなされるものである。そうだとも。あなたはあらゆるものに『くそくらえ』の精神で責任を取ってきて、あなたは常にあなたを許してきた。そのぶん多くの友人と信用を失ってはしまったが、幸いなことにあなたは政治家として立つ気もなければクレジットカードをつくるつもりもない。そんな人生においては、友人と信用とは必ずしも必要ではないのだ》

長編小説の邦題は、原題に忠実に『あなたについて』とつけた。

〝って感じ〟は最初、本に巻きつける広告帯にこんなコピーを添えていた。

《偏屈者にも、三分の理》

〃って感じ〃は、コピーを考えついたその日のうちに「ターゲットは、自称・偏屈者です。けっこう多いんですよね、そういう奴って」と電話をかけてきた。自信作だったのだろう、「悪くないね」とぼくが褒めると嬉しそうに笑っていた。

もっとも、増刷後のコピーはこんなふうに変えられた。

《話題沸騰！　愛があり、正義があり、ホロ苦さがある。それが、アメリカ》

最新の版では、さらにこう変更されている。

《ウィットとユーモアが連結された大陸横断鉄道、ベストセラー街道を驀進《ばくしん》中！》

「日本人には自称・偏屈者も多いんですけどね、ホロ苦さが好きな奴はもっと多いし、ウィットが好きな奴ってのは腐るほどいるんですよ。ハハハッ」と電話をかけてきた〃って感じ〃に、ぼくは「悪くないと思うよ、どれも」と言った。

完成原稿を出版社に渡したあとは、その本がどう扱われようと一切注文はつけない。それが、翻訳家としてのぼくの流儀だ。

3

「今夜は十五夜なんだね」

　夕食のとき、耀子がぽつりと言った。

「そうだな」とダイニングテーブルの向かい側に座ったぼくは、枝豆を食べながらうなずいた。ぼそぼそとした、あまり出来のよくない枝豆だった。ビールで喉に流し込んだあとも、舌にざらつきが残る。夏も、もう終わりだ。

　耀子は、これだけはすんなりと喉を通るという冷や奴《やっこ》を、スプーンで崩していた。夕食は冷や奴と数本の煮干しと無糖ヨーグルトだけだ。初物のサンマを買ってきたのだが、グリルで焼いている途中で、耀子は「このにおい、だめみたい」と口もとを押さえながらトイレに駆け込んだ。

「ベランダに出てお月見しない？」

「風邪ひいちゃうぜ」

「だいじょうぶよ。それに、赤ちゃんの胎教みたいなものだから」

「じゃあ、ちょっとだけな」

　ぼくはベランダにビニールシートを敷き、耀子のために厚手のクッションとタオルケットを用意し、料理の皿をテーブルから移した。

　ベランダは東南に向いている。六階建の最上階で、まわりに高い建物はなく、眺望はかなりのものだった。食事の支度をしているときにはまだ街の明かりに負けていた満月も、いまは、ぽっかりと夜空に浮かんでいる。ところどころに薄い雲が流れているが、全体としてはよく晴れたいい天気だ。

耀子はタオルケットを腰に巻きつけて、シートに置いたクッションにぺたんと腰をおろし、冷や奴のかけらをスプーンですくっては口に運ぶ。においが強すぎるというので醤油《しょうゆ》も薬味もない。「そんなの食べて旨《うま》いのか？」といつかぼくが訊いたときには、「おいしいわけないじゃない」と怒ったように答えていた。

ぼくはビールからウイスキーの水割りに切り替えた。生焼けのまま捨ててしまったサンマに未練を残しながら、缶詰のコンビーフをつつく。仕事はまだうんざりするくらい残っていたが、たまには少し休みたかった。土曜日も日曜日も、朝から晩まで、ずっとワープロに向かっている。こんな生活は初めてだ。目の疲れのせいか、月のウサギの輪郭がぼやける。

「今年はどうも調子が違うね。玲ちゃんはいないし、圭さんは仕事ばかりやってるし」

「去年はけっこう暇だったもんな」

「おととしも、その前も、その前も……ずっとよ。圭さん、仕事のことよりも晩ご飯の献立考えてる時間のほうが長かったじゃない」

「まあな」

「ずーっと、あのまんまだと思ってたんだけどね。毎年、夏の終わりに東京に行けば圭さんと玲ちゃんがいて、寝心地のいい部屋とベッドがあって、玲ちゃんは忙しくて圭さんの本はちっとも売れなくて……そういうのがあたりまえだと思ってたんだよね」

耀子はそこで言葉を切り、唇をすぼめて、冷や奴を口の中に流し入れた。ツルンという音が聞こえてきそうな食べ方だった。

「圭さん、玲ちゃんいなくて淋《さび》しくない？」

「もう慣れたよ」

「そっか」耀子は小刻みにうなずいた。「圭さんって慣れるの早そうだもんね。いろんなことで」

「そうかな」

「そうだよ。バランスの取り方がうまいっていうか、絶対に崩れないのよ。そんな気がする」

ぼくは首をかしげながら短く笑った。玲子と同じことを言う。きょうだいだからなのか、それとも、誰の目からもぼくはそう見えるのか。耀子は一瞬怪訝《けげん》そうな顔になったが、笑いの意味を尋ねようとはせず、かわりに小さなため息をついた。

「どうすれば、そんなふうにいられるの？　あたしなんかバランスが取れたことなんて一度もないよ。いつもグラグラしててね、それ、自分でもわかるの。いてもたってもいられなくなるような感じで、頭の中で正反対のことばっかりぶつかってるのよ。ここにいたくない、どこにも行きたくない、誰かに会いたい、誰にも会いたくない、眠りたい、眠りたくない、セックスしたい、したくない……」

ぼくは黙ってウイスキーを啜った。耀子は手に持っていたスプーンをガラス皿に戻し、月を見上げながら話をつづける。

「人間って、冬にいろんなこと考えるんだってね。考えを整理したり落ち着けたりするのには、冬が一番いいんだって。だから、日本って受験が冬の終わりにあるじゃない。それが一番いいパターンだって聞いたことあるのよ。なんとなくわかるよね。暑い夏とかには、じっくり落ち着くことなんてできないもん。でも、あたしには冬がないわけじゃん。気持ちを落ち着けて、バランスを立て直すときがないんだよね。だから、こんなに、いつもグラグラグラグラしてるのかもね」

「うん……」

「でもさ、みんな、ちょっとはグラグラしてるんだと思わない？　あたしは極端にあるほうだし、圭さんは極端にないほうだけど、玲ちゃんだって人並みにはグラついてたじゃん。人並みよりちょっと多いかな、うん。けっこう玲ちゃんもバランス取るの下手なほうだったよね」

「そうかなあ。ちょっと、よくわからないけど」

「嘘。わかんなきゃ嘘だよ。あたしにはちゃんとわかってたもん。玲ちゃん、バランスの取れない人だったじゃん」

「きょうだいだからわかるんだろ」

「夫婦ならもっとわかるでしょ」

少し責めるような口調になった。視線をぶつけられそうになり、ぼくは耀子と入れかわりに月に目をやる。ほんのわずか緑がかった白が、ぼやけた輪郭から夜空に流れ出そうだった。遠くから、たぶんバスが坂道を上っているのだろう、低いエンジン音が聞こえてくる。

しばらく沈黙がつづいたあと、耀子は咳を抑えるときのように顎《あご》を引いて立ち上がり、口に掌をあてて部屋に戻った。行き先は、トイレだ。

ベランダに残されたぼくは、空になったグラスに氷とウイスキーを入れた。水差しに伸ばしかけた手をひっこめて、オンザロックで一口啜る。辛いような熱いような痛いような刺激が、喉からみぞおちへと流れ落ちていく。

「バランスか……」とわざと声に出したとき、ウイスキーのボトルの横に置いてあったコードレス電話が鳴った。玲子の学生時代の友人だという女性からの、お彼岸に墓参りをしたいという申し出だった。ぼくは寺の名前と駅からのバス路線を教え、「彼女も喜ぶと思います」

と言って電話を切った。「女房」とは言えなかった。

ウイスキーを、さらに一口啜る。

彼岸の墓参りをする気はない。八月の初盆にも、締切が重なっていることを口実にして出かけなかった。玲子の伯父に電話でそう伝えると、伯父は「女房の初盆もしてやれないほど仕事が好きなのか」とむっとした声で言った。「好きじゃありませんけど、大切なんです」とぼくは言った。たぶん、来年の五月の一周忌のときにも同じような会話が繰り返されるだろう。

トイレから出た耀子はベランダには戻らず、自分の部屋に入った。アップライトピアノの蓋を持ち上げる音が聞こえ、指慣らしの『ねこふんじゃった』が、徐々にテンポを上げながら数回繰り返された。ぼくはワークシャツの胸ポケットからハイライトとライターを取り出し、ゆっくりと煙を吸い込んだ。

「圭さーん、リクエストあるう?」

窓ガラス越しに、耀子が訊いてきた。

「眠くならないやつなら、なんでもいい」とぼくは答える。

ほどなく、静かなメロディーが流れてくる。サティの『ジムノペディ』だった。

ぼくは苦笑いをこぼし、ウイスキーで唇だけを湿らせる。穏やかな呼吸の抑揚をなぞるようなメロディーに身を任せ、月をぼんやり眺めながら、耀子がいつもそうするように、そっとおなかを撫でてみる。掌がみぞおちに触れたとき、「あーあ……」とつぶやきがくわえ煙草の唇の隙間からこぼれ落ちた。


いつだったか、玲子にこんなふうに言われた。

「圭って、なんか、自分の中できっちり完結してるよね」

玲子が過労で寝込んだときのことだ。ポスターの完成寸前になってクライアントが手直しを求め、丸二日一睡もしないで間に合わせた。その疲れで歯茎が腫《は》れ上がり、高い熱が出てしまったのだ。

ぼくは、奥歯に力の入らない玲子のために柔らかい料理ばかり作り、こまめに氷枕《まくら》を取り替えた。物音をたてないように家事をこなし、掃除機のかわりに雑巾《ぞうきん》で床を磨き上げた。ベッドに横たわってそれを見ていた玲子が、あきれたように言ったのだ。

「手際がいいっていうか、マメだっていうか、はっきり言って奥さんなんかいらないんじゃない？」

「おまえの性格が大雑把すぎるんだよ」

「でもさあ、なんか圭を見てると、そういうレベルを超えちゃってるような気がするのよね。

一日中仕事部屋に閉じこもってられるだけでも、すごいと思うもん。料理は上手いし、掃除は丁寧だし、長電話はしないし、人を怒らせるようなことは言わないし……とりあえず、完《かん》璧《ぺき》なんじゃない？」

「知らないよ、そんなの」

「少なくとも看病には向いてるタイプだよね。耀子だって、圭がいれば安心しきってるもんね」

「……かもな」

「たとえ世界中で人間が圭一人になっちゃっても、圭なら平気でいられるような気がするな、あたし」

玲子はそう言って、唇だけをゆるめて小さく笑った。

褒め言葉なのかどうかわからず、ぼくもあいまいに笑い返した。

いまでもわからない。

4

九月の下旬になると、耀子のつわりは、それまでの苦しみが嘘のようにぴたりと治まった。

「もうすぐ五カ月に入るところだから、まあ、標準だね」

耀子は妊娠出産の解説書を読みながら、満足そうにうなずいた。

「赤ん坊はどれくらいの大きさになってるんだ？」と洗い物をしながら訊くと、解説書のページをめくって読んでいく。

「えーとねえ、もう指紋ができてるんだって。身長が十八センチで、体重は百二十グラム。さっき食べたステーキくらいなのかな」

「……変な譬《たと》え方するなよ」

舌打ち交じりに、ステーキ皿にこびりついた脂をナイロンのタワシでこそげ落とす。実際には、肉は百五十グラムあった。耀子はそれをまたたく間にたいらげた。つけあわせのフライドポテトや人参《にんじん》のソテーはもちろん、コーンの一粒さえも残さなかった。つわりが治まってからはいつもそうだ。吐き気に苦しめられたぶんを取り戻そうとするみたいな食欲だった。

「圭さん、ぶどう、全部食べちゃっていいの？」

「ああ」

「っていっても、これ、最後のひとつなんだけどね」

大粒のネオマスカットが一房、十分たらずの間に食べ尽くされたことになる。

ダイニングテーブルを振り返る。耀子は、解説書の胎児のイラストを眺めながらぶどうの最後の粒を口の中に放り込み、皮をプッと吐き出した。

秋分の日に、玲子の伯父から電話がかかってきた。ひどく酔った、からみつくような声だった。

「玲子も浮かばれんぞ、これじゃあ。彼岸にも旦那はいない妹はいないじゃあなあ……少しは仏の気持ちも考えろよ、貴様」

「どうもすみませんでした」とぼくは抑揚のない声で答えた。

「耀子にちょっとかわれ」

「はあ……」

受話器を耳にあてたまま振り返ると、耀子は通信販売で取り寄せた胎教用の環境ビデオを眺めながら、顔の前で大きなバッテンをつくった。

「おらんのか」

「ええ、そうなんです。ちょっと外出してまして」

舌打ちが聞こえた。

「知ってるのか、あいつのことを」

「なにがですか？」

「あの淫売娘《いんばい》……赤ん坊を孕《はら》んだなんて言って、あっちこっちの男たちを強請《ゆす》って、そのまま東京に逃げやがって……まあ、悪い噂だとは思ってるがな、こっちはえらい迷惑だぞ」伯父は声をひそめて言い、ふと思い出したように付け加えた。「まさか、貴様の入れ知恵じゃないだろうな」

「冗談じゃないですよ」

「それにしても、貴様ら、いいかげんなもんだな。男と女が一つ屋根の下で……姉貴が死んだら、今度は妹か。非常識にもほどがあるだろうが。耀子にも、あんな女にだって将来ってものがあるんだぞ。貴様には仕事のほうが大切かもしれんがな」

「じゃあ、迎えに来てやってください」

「なんだ、その言い方は！」

「あんたたちのところで耀子に冬眠させればいいじゃないですか」

伯父が「貴様！」の「き」を言いかけたとき、電話は切れた。仕事部屋に駆け込んだ耀子が、親機に接続された電話線を壁のモジュラージャックからはずしたのだ。

「これでいいじゃん、すっぱり縁が切れたってことで」

リビングに戻ってきて、屈託なく笑う。

ぼくはため息をついて、ソファーに座った。環境ビデオは砂浜に打ち寄せる波をさっきから延々と映し出している。それをリモコンで消し、もう一度ため息をついて、あらためて耀子を見つめた。

「どうしたの?」

「おまえ、男たちを強請ってたのか」

「べつに。ただ赤ちゃんができたって教えただけよ。だって、一応、パパの可能性があるんだから。勝手にお金くれた人もいたけどね、まあ、妊娠祝いってことで貰っといたわ」

「いくらだ」

「全部で二百……三百万くらいかな。全部銀行に貯金してるけどね。赤ちゃんが生まれたらおろそうと思って。なにかとお金かかるから、助かったよね、うん」

ぼくにはわからない。耀子が故郷の町でどんな日々を送ってきたのか、これからのことをどう考えているのか、そもそもいまなにを考えているかが、わからない。

いままでは玲子がいた。玲子と耀子は、仲のいいきょうだいだった。夏の終わりにやってきた耀子が秋の終わりに冬眠に入るまで、玲子は毎晩のように耀子の部屋に入り、おしゃべりを楽しんでいた。そこでどんな会話が交わされていたかも、ぼくは知らない。知らないまま玲子は死に、この部屋には、ぼくと耀子だけが残されたのだ。聞いておけばよかった。

いまになって思う。もっといろいろなことを玲子から、もちろん玲子自身のことも。

「ねえ、圭さん」耀子が言った。「ほんとにね、お金なんて欲しくなかったんだよ」

「あたりまえだろ」ぼくはうんざりして答える。「下手すりゃ犯罪なんだぜ」

「もちろん、みんなが喜んでくれると思うほど、あたしだってバカじゃないんだけどね」

「……まあ、そうだろうな」

「でもね、いきなりお金ってのも、どうかと思うよね。すごいんだよ、土下座するのもいたし、震えだしちゃうのもいたし、女房だけにはどうのこうのって泣きだしちゃうおじさんもいたし、堕ろさないんならこうしてやるって、いきなりおなかに蹴《け》り入れようとしたガキもいたんだから……」

　耀子の声は、少しずつ低く、重い響きになってきた。ぼくは場末のモーテルや駅前の喫茶店でうろたえ、戸惑い、激高する男たちの姿を思い描いて、小さくうなずく。

「みんな、赤ちゃんのパパにはしたくない奴ばっかり。あんな奴らの精子から生まれるんなら、赤ちゃん、かわいそうだよ」

「でも、その可能性だってあるんだろ？」

　ぼくが言うと、耀子は目を一瞬大きく見開いて、含み笑いを浮かべた。逃げをうつ気持ちを見抜かれたような気がして、ぼくは視線を横に滑らせる。だが、耀子の目はそれを追いかけて、唇が、笑みの形をしたまま開かれる。

「ないよ。パパになるのは、圭さんだけ」

「……おい」

「圭さんしか、パパになれない。だから責任とらなくていいって言ったのよ。パパが子供に責任とるなんておかしいじゃない。責任なんて、パパになれない人がとるものなんだから」

逃げつづけたぼくのまなざしは、やがて壁のドローイングにぶつかった。そこからはもう動かない。飛び散った絵の具の色が目にまとわりつく。ドローイングを見ると、いつもこうなる。不安になったり苛立《いらだ》ったり絶望したり逃げ場を失った気になったり、要するになんともいえず心がかき乱されるのだ。玲子はなぜそんな絵をわざわざ選び、ぼくはなぜそれを捨てられなかったのだろう。

耀子は黙って立ち上がり、自分の部屋に入っていった。途中でちらりとドローイングを見て、なんの反応も見せずにドアの向こう側に姿を消す。ぼくは、三度目のため息をついた。

十月の最初の週末の夜、〝って感じ〟の招待でホテルの寿司屋に出かけた。

「ベストセラーの祝賀会って感じですからね、部長からも予算はたんまり貰ってあります」

〝って感じ〟はカウンターに座るなりビールと刺身の盛り合わせを注文して、オシボリで顔を拭《ふ》きながら言った。

きびきびとした動作と少し早口な口調が、彼の、「って感じ」以外の特徴だ。一年半前までは若者雑誌の編集者で、コンビを組んで仕事をしたのは初めてだったけれど、彼のことはそれ以前から噂話でちょくちょく耳にしていた。好意的な噂もあればそうでないものもあったが、やり手編集者だということについては誰もが口を揃えた。雑誌編集部から海外文学のセクションに異動になった初仕事でベストセラーを出したことと、彼の口利きで次々に回ってくるエッセイの仕事の量が、それを証明している。

小ぶりのグラスにビールを注《つ》ぎあい、乾杯した。ビールは飲み頃に冷えていて、なめらかな泡が喉をくすぐった。

黒塗りのカウンターに刺身の盛り合わせが置かれた。高価なネタばかりだった。「さ、遠慮しないでどうぞ」と言いながら、〝って感じ〟はさっそく車海老《えび》のおどりに箸を伸ばす。

三十分ほどとりとめのない話がつづき、ビールが日本酒に切りかわるのを待っていたみたいに、〝って感じ〟は話題をサッカーのワールドカップ予選の見通しから『あなたについて』のことに移した。

発売以来五カ月になってさすがに部数の伸びは鈍くなったものの、今度はアメリカ文学の研究者たちを中心に作品をじっくり評価しようという動きが出てきつつあるのだという。

〝って感じ〟はシステム手帳を開き、これまでに発表された何人かの批評家や研究者の評言を教えてくれた。それによると、『あなたについて』は、「喜怒哀楽といった感情を極力排し、ニヒリズムとも無縁であろうとした、俳句の侘《わ》び寂《さ》びにも通じる小説」で、「東西冷戦終結後にぽっかりと穴が空いてしまったアメリカ青年の価値観や正義観や倫理観を新しいもので埋めるのではなく、むしろ空虚をさらに広げていこうとするもの」で、「疲弊した超大国アメリカにはもはやハックルベリー・フィンは存在しえないということを寓話《ぐうわ》的に描いた問題作」で、「訳者の生硬な文体は、本書にかぎっては、原著の味わいをいくばくなりかは増す効果を生んだようである」という作品なのだそうだ。最後の言葉は、かつてぼくの文章は電動泡立て機の取り扱い説明書にふさわしいと評した批評家のものだ。

「まあ、言い方はいろいろですが、『あなたについて』が現代アメリカ文学にとって実に大きな意味があるってことは一致してるって感じなんですね。これはいいですよ。最初は日本で先行出版っていう話題性で売れて、次は内容で売れる。パッと咲いてパッと散る本じゃなくて、立派にスタンダードになる。文庫にしても……いや、その前に軽装版で出すっていう手もあるな。いまは、原文とセットで売れないだろうかってんで、エージェントを通じて交渉中です。研究者も原文のないことにちょっと困ってますからね」

「なるほどね」

「残念ながら本国じゃあまり話題になってませんがね。極東の島国ですもんね。日本のプロ野球でホームラン王を取っても大リーグからは相手にされない助っ人選手って感じですよ。日本語に訳したものをもう一度英語に訳し直すほどの熱意はないみたいです」

「だろうな」

「でも、まあ、著者が原文で発表する気になってくれれば、これも一気に解決なんですけどね。いずれにせよ、今回の仕事は大成功ってわけですよ」

〃って感じ〃は備前焼《びぜんやき》のぐい飲みに酒を注ぎ分け、大トロを食べ、突き出しのバイ貝の身を爪楊枝《つまようじ》でほじり出した。仕事だけでなく、食欲もさすがにエネルギッシュだった。

「今日は、もうひとつ嬉しい話があるんです。これはオフレコでお願いしたいんですが……」〃って感じ〃は、身を屈め、声を少し低くして言った。「実はですね、来日するんですよ」

システム手帳の一点を指で押さえた。そこには『あなたについて』を書いた小説家の名前が走り書きされている。

「アメリカのエージェントと連絡をとりあって動いてます。ただし、プロモーションとか取材とかじゃなくて、純粋にプライベートの旅行なんですけどね。京都と広島を訪ねてみたいんだそうです。たぶん帰りには秋葉原も、って感じでしょうけど」

「よくあるパターンだな」

「ただ、どんな奴が飛行機から降りてくるのか、見当もつきません。なんたって、向こうのエージェントでも、顔を見てるのはゼネラルマネジャーだけだっていいますから。それで、彼が、日本でぜひ会いたい相手がいるっていうんですよ」

〝って感じ〟はそう言って、ゆっくりとぼくを指さした。ぼくは口に運びかけたぐい飲みを戻し、彼に向き直る。

「ぼくに？　なんで？」

「翻訳者だからですよ、もちろん」

「そりゃあ、まあ、そうだろうけど」

「エージェントの話だと、先方は翻訳をすごく気に入ってるらしいんです。売れたからっていうんじゃなくて、なんていうか、自分の作品を訳したのはたいしたもんだって感じでね」

「まさか。あの英語は下手くそだったけど、難解じゃない。それに、日本語なんてわかんないんだろ？　いいも悪いも、気に入るも入らないもないぜ」

「向こうに住む日本人のガールフレンドに感想を訊いたそうです」

「それで、どうだって？」

「ガールフレンドは、理屈っぽい文章ですごく窮屈だって感じで言ったらしいんです。まあ、素人《しろうと》の言うことですけどね」

「……いや、なかなか鋭いと思うよ。でも、それは要するに下手くそな翻訳だったってことだろ。気に入るってのがおかしいじゃないか。ふつうなら怒ったっていいはずだぜ」

語尾を上げて同意を求めたが、〃って感じ〃は首をひねり、短く刈り上げた頭を掻くだけだった。

「成功なんですよ、とにかく」

「なにか事情があるみたいだな」

「ええ、まあ」〃って感じ〃は上目遣いにぼくを見て、気まずさへの予防線を張るみたいにハハハハッと笑った。「ちょっとしたことですけどね」

「教えてくれよ」

「そうですかあ？　いやあ、怒らないでくださいよ。ねっ？　結果オーライって感じなんですから。実は、版権を取る時点で、翻訳者の選定について条件をつけられてたんです」

「ぼくはその条件に当てはまってた、と」

「そうなんですよ」

「どんな条件だったんだ？」

〃って感じ〃はまたハハハハッと笑い、頰をゆるめたまま言った。

「実はですね、先方は、あまり上手くない翻訳家を指定してきたんですよ。もちろん誤訳なんかは論外ですけど、だから、要するにですね、えーと……」

「文章が上手くない翻訳家」

「そう、そうなんですよ。そういう翻訳家にしろって言ってきたわけです。失礼だとは思いますけどね」

「文章が生硬で、青春小説よりは電動泡立て機の取り扱い説明書を訳したほうがふさわしい翻訳家」

「……まあ、そこまでは言ってませんけどね」

〝って感じ〟は笑いをひっこめて、ウニを箸の先ですくいあげた。かわりに、ぼくが笑った。腹など立たない。海外文学のセクションに配属されたばかりでみごとにぼくを選んだ〝って感じ〟の眼力を褒めてやりたいくらいだ。

「変わった作家だな、しかし」

「でも、結果的にはベストセラーになった要因には翻訳家の文章もあるわけですから、考えは正しかったって感じになるんですよねえ」

〝って感じ〟は自分の言葉に自分でうなずき、「お会いになるでしょ？」とあらためて訊いた。

ぼくは黙ってうなずく。

来日は、十一月の初めの予定だった。

寿司屋から、同じホテルの最上階にあるラウンジバーに上がった。ぼくはほとんど素面《しらふ》だったが、〝って感じ〟は途中から酔いが回ってきたようだった。

「ぼくはねえ、とにかく、あなたを表舞台に出したいんですよ。ぼく、海外モノを手掛けるのって初めてでしょ。ほんとはね、翻訳家って嫌いだったんですよ。軽蔑《けいべつ》してる部分もあるんです。だってさあ、翻訳家なんて、自分でつくりあげるものなんてなにもないわけでしょ。なにかを感じて、考えて、つくっていくのは、作家なんですよ。翻訳家は、よその国の言葉で書かれたそれを、自分の国の言葉に書き換えるだけ。そういうのって、つまんないと思いませんか？　創造じゃない、処理ですよ、処理」

せっかく窓際のボックス席に座りながら、夜景にちらりとも目をやることなく、バーボンのソーダ割りのタンブラーを手に、〝って感じ〟は同じことを話しつづける。酔っぱらうと話がくどくなる、というのは彼の悪評のひとつでもあった。

「ねえ、せっかく物を書く商売についてるわけでしょ。じゃあ、自分自身のクリエイティブな欲求を解放すればいいじゃないですか。ゼロからつくっていくんですよ。翻訳なんて、原著に『ホワイト』って書いてあれば『白』って訳すしかないわけでしょ。そんなのつまんないですよ。つまんないし、卑怯《ひきょう》って感じですよね。翻訳なんて、どう表現するかについてだけ責任を負えばいいんだから。なにを表現するか、なにを感じて、なにを考えて、なにを読者に伝えるかっていう、一番楽しくて一番苦しい部分は、ぜーんぶ作家に任しちゃってるんだから……。反論あります？」

なにもないよ、とぼくは苦笑いをこぼす。〃って感じ〃の言うことは、よくわかる。わかるけれど、うなずこうとは思わない。しかし、その理由を説明し、彼を納得させるのは、ほとんど不可能のように思えた。ぼくは部屋の模様替えや掃除は大好きだが、部屋そのものを設計する気はない。魚を三枚におろすのは得意でも、魚釣りの趣味はない。譬え話を使えばそういうことになるのだが、伝えたい内容と譬え話との間にはずいぶん隔たりがあるような気もする。

「エッセイ、もっと上手くなるようがんばってみるよ」

「そうですよ。がんばってくださいよ。で、エッセイで鍛えてから、いよいよ小説ですよ。物書きになったからには、ガイジンさんのメッセージじゃなくて、自分自身のメッセージを伝えなきゃ。そのためにこの商売やってるんじゃないですか？」

ぼくはあいまいに首をひねった。すると、〃って感じ〃はそれを見とがめて、テーブルに身を乗り出して強い口調で言った。

「あるんですよ。なかったら困るんですよ。ぼくは、メッセージのない人間なんて、この世には誰もいないと思います。そこいらにたむろしてる若造だって、ご近所のおばちゃんだって、みんなそれぞれのメッセージを持ってるんです。ただ、みんな、それを表現する力を持っていないだけなんです。物書きってのは、その意味では選ばれた人間なんですよ。表現者。わかります？　ぼくがあなたのエッセイで一番不満なのは、そこなんです。文章が堅いだとかおもしろみがないだとか、そんなのはどうだっていいんです。ただ、あなたの文章には、あなたの血が通ってない。あなたのメッセージがない。あらゆることに対して傍観者の姿勢をとりつづけてる。そこが不満……腹立たしいくらいなんだ」

〝って感じ〟は、ぼくをにらみつけていた。ぼくはそっと視線をはずし、水割りのグラスを口に運ぶ。興奮すると口癖の「って感じ」が出なくなるのだと気づいた。気づくだけの余裕があった。おそらく、彼はぼくのその余裕がなによりも腹立たしいのだろうけれど。

　ぼくは、ふう、と息を継いで言った。

「自分でなにか書く気はないの？」

「ぼくですか？」〝って感じ〟は驚いたように自分を指さして、少し間をおいてから、ハハハッと笑った。「悪い冗談ですよ、それ」

「少なくとも俺よりはメッセージがありそうな気がするけど」

「皮肉ですか?」

「まさか」

「……まあ、いいや。そうですよね、他人に偉そうなこと言うくらいなら自分で書けばいい。表現すればいい。当然ですよね」

〝って感じ〟は通りがかったウエイターに、バーボンの、今度はオンザロックをオーダーした。ウエイターはぼくに向き直り、「そちらさまは?」と尋ねたが、ぼくは黙って首を横に振る。酒よりも、むしろベッドが恋しい。今夜〝って感じ〟と会う時間をつくるために、ゆうべは徹夜をした。メッセージのない文章の書き手には過分の忙しさだ。

しばらく沈黙がつづいた。〝って感じ〟は煙草を吸いながら天井のシャンデリアを見上げ、ぼくは書きかけのエッセイのことを考えていた。『わたしの後悔』と題された、執筆者が月替わりのコーナーだった。後悔はたくさんある。うんざりするくらい、たくさんある。けれど、ぼくが題材に選んだのは、小学校時代、教師の板書の間違いに気づきながらも手を挙げて指摘する勇気がわかず、同級生たちもそれに気づかず、一週間後の試験で全員その問題を間違えたという話だった。確かに、ぼくは文章に血を通わせることができないようだ。

オンザロックのグラスがテーブルに置かれ、〝って感じ〟はまだ長い煙草を灰皿に捨てた。

一口、喉に流し込むように飲んで、ぼくを見つめる。

「あのね……これ、誰にも言ってないことなんですけどね、ぼく、昔小説書いてたんですよ。二十五、六の頃だから三、四年前かな。ペンネーム使って、連絡先も学生時代の友達のところにして、こっそり新人賞に応募したんです」

「結果は？」

「ぼくが小説を書いてたことを誰も知らないってのが、結果ですよ。一次選考にも残りゃしない。哀れなものです。こないだひさしぶりにコピーを読み返してみたんですけど、ひどい出来でね、編集者として判断すればやっぱり没ですよ。ハハハッ。……で、もっと悔しいのは、おそらくいまのぼくが小説を書いたとしても、その小説よりましなものは書けないだろうってことなんです」

「どうして？」

「わかりません。でも、なんとなく、わかるんです。ねえ、この話、他の奴らには絶対に言わないでくださいよ。できれば忘れてください。なんたって、他人の原稿を没にしまくってますからね、こんなの知られたら赤っ恥もいいとこですよ」

「わかった。誰にも言わないから信用してくれ」

「信用してますよ。そういう雰囲気があるんだよなあ、あなたには。だから、つい、喋っちまったんだ」

褒め言葉かどうかわからず、ぼくは小さくうなずくだけだった。

〝って感じ〟は残りのウイスキーをまた勢いよく飲み干して、上体をぐらりと揺らした。

「でもね、ぼく、うまく説明できないんですけど、なにかを言いたい、誰かに伝えたいって気持ちは人一倍あるんです。じゃあなにを伝えればいいのか……それが……そこなんですよ、問題は……。わかります？　この気持ち。表現者になりたいのに、なれない。ときどき、すごくつらくなるんですよ。いてもたってもいられなくなるんです。だから、あんたが、妙に余裕を持ってるのが腹立たしいんだ。あんた、自分以外のものを、どこかで見下してるんじゃないですか？　それとも、自分以外のものが怖くてしょうがないから逃げてるのか……」

ぼくは自分のグラスの、氷が溶けてほとんど水同然になったウイスキーを、一気に飲み干した。腕時計をちらりと見る。議論は苦手で嫌いだ。答えの出ない種類のものなら、なおさらだ。

「悪いんだけど、終電で帰りたいんだ」

ぼくが言うと、〝って感じ〟は体を危なっかしく揺らしながら、「そうか、逃げてるほうなんだ」と笑った。からみ酒だということは、ぼくが仕入れた噂話の中には入っていなかった。

翌日の午後、アンソロジーの翻訳をやっていたら、〝って感じ〟から一行だけのファクシミリが送られてきた。
《だいじょうぶとは思いますが、過去のことはくれぐれも内密に、よろしく》
彼が、彼の言う「表現者」になれない理由が、ほんの少しわかったような気がした。

5

十月半ば、『わたしの後悔』のエッセイを依頼してきた雑誌から、原稿料の振込通知書が届けられた。掲載誌は送られてはこない。二度書き直しを命じられたすえ、結局不採用になったからだ。

「原稿料はお支払いしますから。ただ、このままで掲載することは、うちの雑誌にとっても、あなたにとっても、かえってマイナスだと思うんですよね。正直に言って、あまりにもひどい。ここまで手抜きされるとは思いませんでしたよ。先月分の経理の締めに間に合いますんで、すぐに送金できると思います。できれば、来月、厳密な意味での原稿料として伝票を切りたかったんですがね」

担当編集者にかわって電話をかけてきた編集長の、失望と不快感と皮肉をあらわにした声を思い出す。もっと肩の力を抜いて伸びやかにという、担当編集者のアドバイスも。

ぼくには、どんなふうに肩の力を抜けばいいのか、そもそも肩の力を抜くというのがどういうことなのかがわからない。レシピどおりに材料や調味料を揃え、手順も忠実に再現したのに、《最後にキツネ色の焦げ目をつける》のキツネ色とはどういうものなのかがわからずに立ち往生する。そんな感じだった。

機械が封緘《ふうかん》した封筒のミシン目を破り、振り込まれた金額を確認してから、ゴミ箱に放りこんだ。金はいりませんと言うべきだっただろうかと思った。銀行口座には七桁《けた》の残高がある。税金のことを考えに入れても、うまくやりくりすれば来年の前半までは仕事をほとんどしなくてもよさそうだった。

あくび交じりに椅子の背もたれに深くもたれかかったとき、視界の隅を淡い緑色がよぎった。デスクに置いてあるコードレス電話の子機使用ランプが灯《とも》ったのだ。

またか、とぼくはリビングの光景を思い描く。通信販売のカタログを手に、コードレスの受話器を耳にあてた耀子。この二、三日、ずっとそうだ。ゆうべ、耀子が寝たあと分厚いカタログのページを繰ってみた。赤いマーカーで囲んだ商品の価格を合計すると、五十万円近くに達していた。すべてマタニティやベビー用品だ。

「冬眠に入る前に、必要なものは揃えとかないとね」と耀子は言っていた。いつもの年ならあと二カ月ほどは余裕があるのだが、どうも今年は早くなりそうだと言う。確かに、十月に入ってから少しずつ朝の寝起きが悪くなってきたし、午後の昼寝が日課のようになっている。ついでに言えば、気象庁が九月に出した長期予報では、今年の冬の訪れはずいぶん早いのだそうだ。

“Seasonal Affective Disorder”

略称SAD。

耀子の冬眠を既成の病名に当てはめると、こうなる。

日本語に訳せば、季節性感情障害。一般には季節性鬱病《うつびょう》と呼ばれることが多い。要するに、ある特定の季節になると鬱症状が出てしまう病気だ。

症状じたいは古くから知られていたが、本格的な臨床研究が始まったのは一九七〇年代に入ってからだ。原因については、太陽の光の増減という説が主流だ。二五〇〇から三〇〇〇ルクスの光を患者に照射する光療法がある程度の対症効果を挙げていることが、その裏づけになっている。太陽光線説では、SADの患者は視床下部に異常があるとされている。網膜に当たった光は、神経インパルスとなって脳に入り、視床下部に信号を送る。視床下部は睡眠や性欲や食欲や体温調節などをコントロールする部位で、適量の光が視床下部に伝えられれば機能は正しく働くが、ＳＡＤの患者はその許容範囲が極端に狭いのだ。

理屈からいけばＳＡＤは夏型と冬型に分けられるのだが、臨床例は圧倒的に冬型が多い。耀子も、典型的な冬型ＳＡＤだ。

程度や鬱の状態はさまざまだ。元気がなくなる程度で終わる患者もいれば、その季節が終わるまでベッドから出られない患者もいる。もの忘れが激しくなる場合もあれば、厭世観《えんせいかん》にとらわれて自殺を図ろうとしても自殺の方法を考える気力すらなくなってしまうという症例も報告されている。

耀子は、かなり重度のＳＡＤだった。鬱が高じて、心だけでなく体そのものが、最低限の機能だけを残してすべて閉じてしまうのだから。

「あたしは季節営業みたいなものだから」

耀子は、よくそんなことを言う。

だが、もちろん、季節営業では赤ん坊は育てられないのだ。

一週間後、妊娠五カ月の戌《いぬ》の日に締める腹帯が、宅配便で届けられた。耀子が通信販売で注文したものだった。

ぼくは玄関でそれを受け取り、舌打ちをこぼしながらリビングに向かった。仕事にエンジンがかかりかけたところを中断された。ここのところ毎日、その繰り返しだ。

耀子はソファーに座って、また通信販売のカタログをめくっていた。テーブルには、通信販売で五ダースまとめて買いこんだカルシウム強化の缶入り牛乳が一本置いてある。着ているのは、これも通信販売の、マタニティのジャンパースカート。ステレオから流れているのは胎教用のクラシックのCDで、言うまでもなく通信販売だ。

「明日はベビーベッドが届くから、圭さん、組み立ててくれる？　忙しければ配達の人にやってもらうけど」

「宅配便のおっさんとも、すっかり顔なじみになっちゃったな」

「知り合いができるってのはいいことよ。特に圭さんなんか朝から晩まで家に閉じこもってるんだから、たまにはこうやって誰か訪ねてこないとね」

「仕事の真っ最中なんだぜ。狙ったみたいに、いつもそうなんだ」

「仕事ばっかりしてれば、いつだって仕事の真っ最中になるでしょ」

「まあ、そりゃあそうだけどな」

ぼくはカーペットに腰をおろし、そのまま仰向けに寝転がった。肩の後ろの筋が引き攣《つ》れたように痛む。背中が、ひとつまみぶん縮んでしまったようだった。

「かなり疲れてるね」耀子が上から顔を覗きこんできた。「仕事のやりすぎだよ、圭さん」

「やりすぎじゃなくて、時間がかかりすぎてるんだ」

「翻訳？　エッセイ？」

「両方」

　答えを追いかけて、あくびが漏れた。エッセイの注文は一時ほどの量はなくなっていたが、そのぶん一本を仕上げるのに時間がかかるようになり、少しは上手くなっているかどうかの手応《てごた》えもまるでつかめず、忙しさと精神的な疲労感はあいかわらずだった。それに加えて、春先からとりかかっていたホラー小説のアンソロジーの翻訳が、そろそろ締切だった。英語と日本語が頭の中をまわりつづけ、恐怖に満ちた別世界とエッセイの題材すら見つからない退屈なぼくの日常が、かわるがわる胃を締めつける。

「それでね、忙しいところ、ほんとに悪いんだけど……」耀子はぼくを拝む真似をして言った。「ちょっとお願いがあるのよ」

「ベビーベッドだろ、だいじょうぶだよ」

「違うの」

　耀子はまだ顔の前で両手を合わせている。笑顔はいつのまにか消え、目はまっすぐぼくに向けられていた。ページを開いたまま膝に乗せたカタログが床に滑り落ちたが、耀子の視線は動かない。

「あのね、あさって、ちょっとつきあってほしいの」

「どこに？」

「病院」

「……どういうことだ？」

「あたし、まだ先生に話してないのよ」

「……冬眠か」

返事はなかった。それが答えだった。だが、それをただうなずくわけにはいかない。ぼくは体を起こした。

「ちょっと待てよ。おまえ、それ、いくらなんでも……」

「わかってるわよ。でも、しょうがないじゃない。堕ろせなんて言われたら嫌だもん、赤ちゃん産みたいんだもん」

「産みたいって言ったって……」

「ねえ、わかってよ、圭さん。圭さんならわかってくれるでしょ？」

「わからないよ」

「嘘だよ、それ。圭さん、嘘ついてるよ。あたしの気持ちわかるでしょ？　あたしが赤ちゃん欲しい気持ち、圭さんならわかるよ。わかんなきゃ嘘だよ。あたしの、たった一人の家族になるんだもん。玲ちゃんのかわりに赤ちゃんが、あたしの家族になってくれるんだもん」

耀子は胸の中の思いを一気に吐き出すように、早口に言った。ぼくを見つめる目に、涙が浮かんでいる。

「だから妊娠しちゃったのよ。玲ちゃんが妊娠させてくれたのよ。耀子は一人じゃ生きていけない子だからって、赤ちゃんをあたしにくれたの」

「そんなの……」

「堕ろせるわけないじゃない。お父さんが死んで、お母さんが死んで、玲ちゃんが死んで……赤ちゃんまで殺せっていうわけ？」

ぼくにはなにも答えられなかった。

耀子は大きく息を吸い込んで、声をぼくの耳に塗り込めるように言った。

「家族だよ、圭さんにも」

涙が、頬を伝いはじめる。


次の日の午後、ベビーベッドが届けられた。白木のシンプルなデザインの、見ようによっては天井のない檻《おり》のようにも思えるベッドだった。

組み立てにかかった時間は、ほぼ五分。陽あたりがよすぎるといけないからという理由で窓から遠い壁際にベッドが置かれた耀子の部屋は、五分前とはまったく雰囲気が変わってしまった。

「なんか、本格っぽくなってきたね」

耀子はそう言って笑った。ぼくがいままで見たうちで一番、それもとび抜けて深い笑顔だった。

「今年って、すごい一年だと思わない？　仏壇を買って、ベビーベッドを買って。なかなかないよね、そんな激動の一年なんて」

ぼくは黙ってうなずいた。

6

冬眠のことを説明すると、予想どおり医師はひどく戸惑い、顔を真っ赤にして怒り出した。でっぷり太ってはいるが落ち着きのない、気の弱そうな四十がらみの男だった。

「植物人間の人が出産したっていうニュースを見たことがあるんですけど」

ぼくが言うと、医師は、冗談じゃない、と即座にかぶりを振った。

「ああいうのはごく稀《まれ》な例で、だからニュースになるわけですよ」

「……そうですよね、確かに」

「脈拍数や心肺機能が正常ならいいんですけどね、いまのお話ですと、機能的にはぎりぎりの線まで落ち込んでいくわけでしょ。仮に母体のほうはだいじょうぶだとしても、おなかの赤ちゃんは、なんとも……。うちじゃ、検査もできませんからね」

結局、大学病院に紹介状を書いてもらい、そこで検査をしてからもう一度考えるということで話はまとまった。

「できれば、出産も、もっと設備の整った大きな病院でやってもらったほうがいいと思いますがね。というか、出産そのものも、決して賛成は……」

帰り際に、医師が言った。咎めるような視線は、耀子よりもむしろぼくにぶつけられていた。

《気の弱い人間の下す判断は、たいがいの場合、正しい》と書かれた『あなたについて』のチャプターのひとつを思い出す。つづきは、こんな具合だ。《けれど、面白みには欠ける。手間暇もよけいにかかる。気の強い人間はそれを厭《いと》い、そして、たいがいの場合間違った判断を下してしまうものである。ジョン・ウェインを除いては》

ぼくは唇をかみしめて診察室から出た。廊下の、ぼくたちが背にした方向から、赤ん坊の泣き声が聞こえてくる。

「圭さん」耀子は、ぼくの気持ちを見抜いたかのように、ぽつりと言った。「あたし、産むからね」

わかってる。

ぼくは待合室の長椅子に座る妊婦たちをちらりと見て、言った。

「俺たちがジョン・ウェインだったらいいけどな」

「ん？」

「いや、なんでもない」

「ねえ、ひょっとして、絶対に産んじゃいけないって大学病院で言われたほうがいいって思ってるんじゃない？」

「……そんなことないさ」

「ほんと？」

「ああ」

「しつこいようだけど、あたし、圭さんに責任とれなんて言ってないからね。あの部屋だけ使わせてくれればいいの。だから、大家さんみたいなものかな」

「……パパ、なんだろ？」

「ううん、パパでなくてもいいよ。そのかわり、赤ちゃんの家族になってあげてよ。パパと家族の違いって、よくわかんないけどさ」

耀子は首をかしげながら笑った。

外に出ると、まぶしい陽射しが目を灼いた。雲ひとつない、いい天気だった。


まっすぐマンションに戻るという耀子と別れて、ひさしぶりに散歩をした。

ぼくの住む街は、一九六〇年代半ばから開発が進められた丘陵地にある。都心から私鉄の特急電車に乗って四十分たらずで、駅からもバス路線が網の目のように拡がっているので、交通の便は悪くない。団地や民間のマンション、一戸建、ロフト付きアパート、テラスハウス……。あらゆるタイプの家がこの一帯には立ち並び、週末には必ずどこかで分譲売り出しやモデルルーム公開のイベントがおこなわれる。かつては人口が数千人だった村は、三十年たらずの間に二十万人を飲み込み、あと十年のうちに当初の予定だった人口三十万人に達するのだという。

駅を中心に放射状に延びる幹線道路はすべて往復六車線で、中央分離帯には通りによって花が植え分けられ、その花の名前が通りの愛称にもなっている。パンジー通り、サツキ通り、ヒマワリ通り……そんな具合だ。幹線道路から枝分かれした道路は、どれも突き当たりに大規模な団地を持っている。上空からこの街を眺めれば、リンゴの木のように見えるかも知れない。

　駅前にはショッピングセンターや多目的ホールがあり、二年前には屋内型のアミューズメントパークもオープンした。ただし、酒を飲ませる店は極端に少なく、パチンコ屋や風俗営業の店は一切ない。開発当時からの懸案だった下水道も徐々に整備され、私鉄の最終電車の時刻は三十分繰り下げられ、幹線道路沿いのディスカウントストアの派手な看板を規制する条例が可決され、ゴミ廃棄場建設計画は住民の反対運動で潰《つぶ》れ、かわりにミッション系の女子大が都心から移転してきた。渋滞はめったにないのでバスは定刻どおりに運行し、路上駐車はこまめに取り締まられ、一戸建の建蔽率《けんぺいりつ》は厳しく、マンションのデザインも周囲との調和を第一に決められる。

　便利で、閑静で、整然とした街だ。駅前の雑踏でさえも、人々はきちんと一定のルールに従っているような気がする。

　いいところですね、とこの街を訪れた誰もが言う。

　いいところでしょ、とこの街に住む誰もが誇らしげに言う。

　ぼくは、この街がいいところだとは少しも思わない。

　ただ、似ている、とは思う。似ているから、好きになれない。

　この街は、ぼくと同じようにきちんと完結していて、けれどなにかが決定的に欠けているのだ。

ヒマワリ通りにかかる歩道橋の上から、行き交う車を眺めた。

ヒマワリ通りは丘の上にある駅と下にある団地を結ぶ道路で、駅を背にすると、歩道橋の少し先で急な切り通しの下り坂になる。坂の下は見えない。往復六車線の地平線のようなものだ。駅に向かう車は、だから、ぎりぎりまで姿を現さない。逆に、駅から住宅街に向かう車は、歩道橋をくぐり抜けるとすぐに視界から消えてしまう。

この歩道橋からの眺めが、玲子の一番のお気に入りだった。

「坂を上りきった車が、パッと見えるでしょ。ほんの一瞬だけど、そのまま空にジャンプして、ここまで飛んできそうな気がするのよ。で、坂を下る車はっていうと、あの地平線みたいなところの先は崖《がけ》になってて、道路があると思って走ってたらストーンと落っこちてるんじゃないかって、つい想像しちゃうのよ」

二十九年と十一カ月で不意に断ち切られた玲子自身の人生は、坂を下る車だったのかもしれない。あと二カ月ほどで三十歳になるぼくは、たぶん、見通しのきかない下り坂ではブレーキを踏みながら走るだろう。そして、あと五カ月で生まれる赤ん坊は、坂を上ってくる車だ。

ぼくは手摺《てす》りに頬づえをついて、ハイライトを吸った。空はよく晴れているが、切り通しを吹き抜ける風は強く冷たい。

街を歩いていると、知らず知らずのうちに車道に目がいってしまう。行き交う車の中から、玲子が乗っていたのと同じワインレッドのステーションワゴンを見つけ出してしまう。それほど市場に出回ってはいない車種だったが、外出するたびに見かけた。

二人暮らしで、おまけに週にせいぜい二日ほどの通勤の足に使うだけなら、ステーションワゴンなんて必要ない。ぼくは契約寸前まで反対していたのだが、玲子は譲らなかった。彼女の夢は、一カ月くらいの長い休暇をとり、カーゴルームに着替えや生活用具をどっさり積んであてもなく日本中を車で旅するということだった。もちろん、その夢は叶《かな》えられることなく終わった。一緒に出かけるつもりの相手がぼくだったかどうかも、いまではわからない。

六十回ローンの四回目を払ったところで、玲子は事故を起こした。走行距離は千キロたらずだった。東京から九州までにも達しない。そのうちの何キロぶんを不倫のドライブに使ったのか、ぼくと一緒に乗った距離は通算して三百キロあれば御の字だ。

外出するたびに、ワインレッドのステーションワゴンを見かける。それは嘘ではない。だが、正しく言い換えれば、こうなる。

　ぼくは、ワインレッドのステーションワゴンが通りを駆け抜けるのを見るまでは、外出先から家に帰らないのだ。


　玲子の顔や声を思い出す。まだしっかり憶えてるな、と少し悔しくなる。

　玲子の不倫相手の顔を、ぼくは知らない。玲子のおせっかいな同僚が「お葬式にも来てましたよ」と教えてくれたけれど、これもおせっかいな葬儀会社がつくった葬儀のアルバムをめくってみる気にはならない。だが、相手は、喪主をつとめるぼくの顔を見ているはずだ。裏の事情をなにも知らず、ただ悄然《しょうぜん》としているぼくを見て、彼はどんなことを思っていたのだろうか。笑っていたのかもしれない。それならそれでいい。ただ、泣かなかったことを責めないでほしいとは思う。

「そうだろ?」向かい風を浴びて、ちっともイメージできない玲子の不倫相手にひとりごちる。「おまえが泣けよ。俺のぶんも、おまえが泣け。それでいいだろ」

　声は風に負けて、唇にぶらさがったままだった。

　煙草を足元に捨てて、スニーカーの踵《かかと》で踏み潰した。巻紙が破れ、散らばった葉を、強い風が運び去ってしまった。

赤ん坊は、順調にいけば三月に生まれる。耀子の私生児として戸籍に入ることになる。耀子はそれでもいいと言った。たぶん、ずるくてたまらないやり方だけれど、ぼくはその言葉に甘えつづけるだろう。再婚する気にはなれない。相手が耀子だからというのではなく、誰かと夫婦という関係をつくりたくはない。裏切られるのはもうごめんだし、確かに玲子が言っていたように、ぼくは世界中でたった一人きりになってもきちんとバランスを取りながら生きていける人間なのだから。

だが、耀子を見捨てることはできないだろうな、とも思う。おなかの中の赤ん坊もだ。責任があるというのではなく、それが、ぼくなりのバランスの取り方だ。

父親と家族の違いを、耀子は「よくわからない」と言っていた。ぼくなら、こんなふうに説明する。

父親と子供の関係は、永遠につづく。法的な処置をいくらほどこしたところで、父親のDNAが子供に受け継がれたという事実は変わらない。家族は違う。ぼくと耀子はもちろん血は繋がっていないし、生まれてくる赤ん坊とぼくとも血が繋がっていない可能性はある。戸籍上も、耀子は義理の妹で、赤ん坊は彼女の私生児だ。それでも、家族ではいられる。ぼくたちは、いまはもういない玲子によって結びつけられた、だからこそいつでも離れることのできる家族なのだ。

悪くない関係だな、と思う。逃げ場所を確保しているあたりが、なかなかのものだ。

誰かに伝えるべきメッセージを持たないぼくは、そのぶん解釈や整理は得意なのかもしれない。

マンションに帰ると、耀子はリビングでディズニーのビデオを観ていた。

「ねえ、圭さん。さっき、赤ちゃんがね、動いたんだよ。ピクピクッてね」

嬉しそうに、おなかを両手で包みこんだ。

7

小説家の来日が、正式に決定した。

十月の終わりに、〝って感じ〟が電話でそれを伝えてくれた。

「ずいぶん気まぐれな人らしいんでエージェントも心配してたんですけどね、もうだいじょうぶ。チケットの手配も全部完了したそうです」

「経歴その他は、まだわからない？」

「だめですね。ただ、白人であることは確かなようです」

「……一歩前進したな」

「ほとんど覆面レスラーの来日って感じですね。デモンストレーションで電話帳を引き裂いちゃったりして。ハハハッ」

つまらない冗談に笑う元気はなかった。三日前に、耀子は大学病院で検査を受けた。出産は、歓迎はできないが不可能ではない。〝って感じ〟の電話の直前に、検査結果を聞きにいった耀子から弾んだ声で電話がかかってきたのだ。覚悟はしていたが、あらためてそれを知らされ、これからのことを思うと、やはり気が重くなる。

「どうしたんですか？　なんか元気ありませんね」

「ゆうべ、あんまり寝てないんだ。ずっと遅れてた翻訳の仕事が、とうとうデッドラインに差しかかったんで」

「ああ、例のアンソロジーですか。エッセイのほうはいかがです？」

「まあ、ぼちぼち、と……」

「できれば、来日のことも書いて、前景気をあおってくださいよ」

「前景気っていっても、プライベートな旅行だろ？」

「それはそうですけどね、まあ、パブリシティは当人にとっても悪いことじゃないでしょ。

旅費とお土産代くらいは儲《もう》けていただきましょって感じで。なにぶん円高ですからね」

〃って感じ〃は、なにか含むところのあるような言い方をして、ハハハハッと笑った。あまり感じのいい笑い方ではなかった。

「ま、そういうことで。日程はすぐにファクシミリで送りますから」

電話が切れると、ほどなくファクシミリが作動した。

日本時間の十一月一日夜に成田到着。そのまま都心のホテルに泊まり、二日にそのホテルの懐石料理店でぼくと昼食をとり、五日に京都、六日に広島を訪れ、七日に再び東京に戻り、八日の夜に成田を発つ。二日から五日までのスケジュールは白紙だった。しかも、訪問する街の名前の後ろにはすべてカッコで「予定」と記されていて、八日の離日も「のはず」になっている。要するに、確定しているのは、ぼくと昼食をとることだけなのだ。

光栄なことだと喜べばいいのだろうが、あいにくその元気もなかった。


耀子のおなかの中で、赤ん坊が少しずつ動きはじめた。最初のうちは胎動を感じるたびに「あ、まただ」とつぶやいていた耀子も、回数が増えるにつれて口に出すのが面倒になってきたのか、眉《まゆ》をピクリと動かす程度の反応になり、やがてそれすらもしなくなった。ただ、反射的におなかに手を添えるのは、ずっと変わっていない。

「圭さんもさわってみればいいのに」

耀子は、ときどきそう言う。

「冗談じゃない」

ぼくは無意識のうちにあとずさりながら、あわてて首を横に振る。

「遠慮しなくてもいいのに」

「遠慮なんかじゃないよ。なんか、気味悪いんだ」

「なに言ってんのよ。圭さんだって、こんなふうにして生まれてきたんでしょ？」

「それとこれとは違うだろうが……」

口ごもるぼくを見て、耀子はおかしそうに笑う。

「ねえ、圭さん」

「なんだよ」

「もしも玲ちゃんのおなかだったら、さわれた？」

「……頼まれたらさわるかもな。自分からは、たぶん、さわろうとはしないと思う」

「ちょっと冷たすぎるんじゃない？」

「いろいろ複雑なんだよ。男の心って」

「ふうん……」

耀子は納得しきらない顔で首をひねった。

玲子は四年前の夏、赤ん坊を堕ろした。ぼくと二人で決めた結論だった。迷わなかったとは言わない。けれどそれは、いまにして思うと、デパートで見つけた洒落《しゃれ》たティーポットを買うか買わないかに似た迷いだったような気もする。

「仕事を辞めたくないの」玲子は言った。「出産休暇や育児休暇は取れるけど、でも現場を離れたくないのよ。それに、仕事と育児を両立していける自信がないの」

「あわてることはないよ」ぼくは言った。「まだ若いんだし、ほんとうに子供をつくりたくなったときにつくればいい」

実際、ぼくたちは若かった。ぼくは二十五歳で、ぼくより六カ月誕生日の早い玲子にしても、まだ二十六歳になったばかりだった。玲子は徒弟制度が色濃く残るデザイン室でようやく責任ある仕事を任せられるようになっていて、仕事がおもしろくてたまらない時期だった。そして、その頃のぼくは駆け出しの翻訳家で、雑誌用の短い記事の翻訳で得られる収入は、専業主婦の妻と赤ん坊を養っていくにはほど遠かった。

「赤ちゃんって、最高の状況と最高のタイミングで、すべての面で祝福されて生まれるべきだもんね。迷った時点で、もうだめなのよ」

玲子は自分を納得させるみたいに言った。

「そうさ」とぼくはうなずいた。

結論が出た翌日、玲子は産婦人科へ行って中絶手術に必要な書類を持ち帰った。ぼくは手近にあったボールペンで署名し、宅配便の受取用にいつも玄関の靴箱の上に置いてあるゴム印で捺印《なついん》した。

三日後の午後、手術が終わると、駅前で待ち合わせて遅い昼食をとった。鰻《うなぎ》を食べたいと玲子が言うので、奮発して鰻重の特上と肝焼きを注文し、ぼくは肝焼きを肴《さかな》にしてぬるめの燗《かん》の日本酒を少しずつ飲んだ。会話はほとんどなかったが、玲子は鰻を旨そうにたいらげた。

鰻屋を出たとき、ちょうど通りがかった親子連れとぶつかりそうになった。幼稚園くらいの男の子が、小さな鈴を転がすような声で「ごめんなさい」と言った。玲子は「こっちこそ」と微笑《ほほえ》み、頭を撫でてやり、母親に手を引かれて立ち去っていく男の子の背中をしばらく見つめていた。

「あわてることはないよ」とぼくは言った。

「わかってる」と玲子は少し怒ったように言った。

その翌日から、またいつもの生活が戻ってきた。玲子は手術の日に有給休暇をとったぶんを取り戻すように忙しく働き、ぼくはイギリスの大衆紙に載った王室のスキャンダル記事や輸入盤のレーザーディスクの解説文を訳しつづけた。

四年後に、玲子は子供を産まないままで死んだ。最高の状況と最高のタイミングは、ぼくたちには訪れなかったのだ。

妊娠がわかってから中絶するまで、玲子のおなかをさわったことは、もちろん一度もない。


十月の終わりの数日間は、降りつづく雨の中、静かに過ぎていった。日本列島の南海上に低気圧が居座り、東京に冷たい雨を降らせている。季節は秋の底に転がり落ちていた。今年の冬の訪れは早い。気象庁の長期予報は九月の発表を、さらに自信を持って繰り返していた。


十一月一日の朝、ぼくはリビングのソファーで目覚めた。アンソロジーの翻訳の追い込みに入って睡眠時間のほとんどとれない日がつづいていた。少しだけ横になろうと明け方にソファーに倒れ込み、そのまま寝入ってしまったのだ。

柔らかすぎるクッションのせいで、体を起こすと節々が軋《きし》むように痛んだ。頭痛もする。ぼんやりした頭でソファーに座り、カーテンを閉ざした薄暗がりの中で調度品を見るともなく眺めていると、喉の痛みと鼻詰まりにも気づいた。

まだ雨は降っているのだろうか、と窓辺に寄った。立ち上がったとき目眩《めまい》がして、歩いていても体の重みがうまく足に伝わらなかった。風邪のひきはじめだ。

カーテンを開けると、掃き出しの窓ガラスは一面白く曇っていた。びっしりと貼りついた露を掌で拭うと、雑木林や丘の上に建つ団地が歪《ゆが》んで見えた。風景ぜんたいが重く沈んだ色に染まっている。雨がまだ降りつづいていることが、それでわかった。

時刻は午前七時過ぎ。そろそろ駅へ向かうバスが高校生たちで混みはじめる頃だ。七時から七時半までは高校生、七時半から八時半までが都心に通勤するサラリーマン、八時半から九時半までがこの街の会社や役所に勤めるサラリーマン、九時半から午前中いっぱいはショッピングの主婦と女子大生。この街では、朝のラッシュの主役までもが時間によって整然と輪切りにされているのだ。

キッチンに入ってお湯を沸かし、ダイニングテーブルの上のリモコンを手にとった。この秋初めてエアコンを《暖房》に切り替える。いったん仕事部屋に戻り、カーディガンを羽織って、点《つ》けっぱなしだったワープロのスイッチを切る。畳に換算すれば六畳ほどの広さの仕事部屋には、煙草の煙が充満している。窓を開けると、冷気と湿り気と細かな雨粒のかけらが部屋に入ってきた。

鼻を手の甲でこすると、くしゃみが出た。こめかみが引き攣れる。ブルブルッと背筋が震えた。

沸きたてのお湯を小さな湯飲み茶碗に注ぎ、仏壇に供える。線香の煙はひしゃげた螺旋《らせん》をつくり、重たげに低い位置でたなびく。雨つづきのせいで、部屋も湿っているのだろう。玲子の写真は夏のもので、ワンピースはノースリーブだった。こういうのも季節ごとに替えたほうがいいのだろうかと思いながら、ひさしぶりに玲子の笑顔とじっくりと向き合うと、派手なくしゃみが出た。

再びキッチンに入り、残りのお湯でいれた焙《ほう》じ茶で体を暖めてから、朝食の支度にとりかかる。ライ麦パンのトーストに手作りのプラムジャム、ワカメとシラスでサラダをつくり、キューブの状態で冷凍しておいた鶏の笹身《ささみ》と玉葱《たまねぎ》のコンソメスープを解凍し、夕食の残りのレバーのマリネにみじん切りのトマトを載せて、デザートのリンゴを薄い塩水にさらす。カロリーと塩分を控え、カルシウムと貧血予防の鉄分をたっぷり含んだ、妊婦用のメニューだ。あとはパンを焼いてレモネードをつくるだけというところまで準備を整えて、リビングで朝刊を読みながら、耀子が起き出してくるのを待った。

耀子はいつも七時半に起きる。時刻は七時二十五分。最高のタイミングだ。部屋はだいぶ暖まってきたし、「圭さん、ごはんまだあ?」と急《せ》きたてられる心配もない。耀子が楽しみにしている朝刊の四コマ漫画はひさびさにニヤリと笑えるオチがついていて、ランチョンマットは昨日洗濯したばかりだ。風邪気味のぼくの体調を除いてはなんの問題もない、快適な朝を迎えられるはずだった。

ところが、七時半に鳴りはじめた目覚まし時計のベルは、いつまでたっても止まらなかった。

まさか、とぼくは耀子の部屋に駆け込んだ。

耀子はベッドの上で上半身だけを起こし、背中を壁にもたれかからせていた。時計のベルを止めようともせず、うなだれて、虚空を見つめる。ふくらんだおなかがなければ、そのまま前のめりに倒れ込んでしまいそうだった。

鬱が始まった。冬眠への助走だ。雨が降りつづいて日照時間が減ったのが悪かった。

「おはよう」とぼくはにこやかに言った。

返事はない。わかっている。「おはよう」は、ぼく自身への、季節が変わったことの確認のようなものだった。

8

耀子は、十分近くかけてレモネードを一口啜《すす》った。長い髪が頰の半分以上を隠し、よけいにぐったりして見える。

「少しは気分、楽になったか?」

「……うん」

「食事はどうする? なんだったら、部屋まで運ぶけど」

耀子は首を横に振りかけて、おなかの赤ん坊のことを思い出したのか「スープだけ、飲んでみる」と言った。

ぼくはキッチンに戻り、解凍したコンソメを温め直した。耀子は午前中いっぱいはベッドから出られないだろう。

秋の終わりになると、昼の時間が短くなり、日照時間や陽射しの量も減ってくる。これに雨が降りつづくという悪条件が重なったりすると、耀子は鬱に陥る。食欲や気力を失い、周囲のあらゆることがわずらわしくなり、無力感に襲われる。今日はまだ最初の鬱だから起き上がる気になれない程度で終わっているが、これから十二月にかけて鬱の波は何度か押し寄せる。波はしだいに高くなり、間隔も狭まり、最後にひとつ大きな波が耀子を飲み込んで、そのまま春までの長い眠りに入るのだ。

コンソメを厚手のマグカップに注ぎながら、去年の記憶をたぐり寄せてみた。去年、最初の鬱の波がやってきたのは、十一月十日だった。天気予報どおり、今年は冬の訪れが早い。

カップをトレイに載せて耀子の部屋に戻った。耀子は掛け布団に首から下を包み、壁にもたれかかって、ぼんやり窓の外を眺めていた。雨はまだ降りつづいている。低気圧は当分の間日本のそばから離れる気配はない。朝刊の天気図でそれを確かめたばかりだった。

「自分で飲めるか?」

耀子はしばらく無反応で、もう一度同じ言葉を繰り返すと、やっと小さくうなずいた。

「今年は、早いな」ぼくはつとめておだやかな、包み込むような口調をつくって言った。

「スープ飲んだら、寝ろよ」

スープを啜る音と、音量をぎりぎりまで絞ったラジオのノイズのような雨音だけが聞こえる。ぼくは視線を耀子の横顔からベビーベッドへ移した。生成りのマットレスの上には、手で触れれば綿菓子のように溶けてしまいそうな幼児用の布団が敷かれている。四方を取り囲んだ柵《さく》には、ディズニーのキャラクターが勢揃いしたモビールと回転木馬のオルゴールが、ちょうど赤ん坊の目の上に来るように取り付けられている。昨夜まではなかったものばかりだ。耀子は鬱の波が来るのを予感していたのかもしれない。

耀子はカップを口元から離した。まだ中身は半分以上残っていたが、これ以上飲む気はなさそうだった。

「デザート、なにか持ってこようか?」

耀子は黙って首を横に振った。涙が一粒、頬に転がり落ちる。熟した果実が枝から落ちるような涙だった。

ぼくはそっとカップを耀子の指からはがし、トレイに戻した。すると、それを待っていたみたいに、耀子はぽつりと言った。

「……玲ちゃん、痛かっただろうね」目は、曇った窓に向けられている。「死にたくなかっただろうね」

「そんなこと考える間もなかったんだよ、きっと」

「玲ちゃんに、もう、会えないんだね。あたしも圭さんも」

「ああ」

「……なんか、哀しいね」

「仕事部屋にいるけど、ときどき覗きにくるから」

ぼくは部屋を出ていった。

仏壇の線香は燃え尽きていた。新しい線香を立て、写真を見つめる。玲子の笑顔は動かない。ほとんどない写真のストックの中から長袖《ながそで》のものを捜し出しておこうか、と思った。

耀子は頭から布団をすっぽりかぶってベッドに横たわっている。眠っているかどうかはわからないが、ときどき声をかけても、返事はない。

抑鬱剤《よくうつざい》の服用は大学病院の担当医から堅く禁じられているので、鬱の波が引いてくれるまで待つしかない。無理に起こそうとしても逆効果にしかならないことは、六年間の経験でよくわかっている。

耀子の様子に変化がないのを確かめるとすぐに仕事部屋に戻り、仕事をつづける。辞書をめくり、ワープロのキーを叩き、ドライアイ用の目薬をさし、コーヒーを飲み、煙草を吸い、風邪薬を服《の》み、舌打ちをこぼし、本棚から資料を何冊も取り出し、貧乏揺すりをして、入り組んだ構文や辞書に載っていないスラングに毒づき、髪の毛を掻きむしり、ワープロの画面に二百字並べては百五十字消去する。風邪薬のところを除いては、ふだんと変わりはない。

文章の区切り区切りで、〝って感じ〟に言われた言葉を思い出す。

メッセージ。そんなものはない。ぼくが苦しみながらやっているのは、英語の文章を日本語に直す、ただの言語的な処理だ。それでいい。ぼくには、自分が誰かに伝えなければならないほどのメッセージを持っているとは、どうしても思えないのだから。

夕方になって、ようやく最後の作品の最終章にさしかかった。あとひとふんばりだ、と栄養ドリンクのキャップを開けたとき、呼び出し音をオフにしてある電話の通話ランプが点滅した。留守番機能が作動して、モニタースピーカーからアンソロジーの担当編集者の声が聞こえてくる。ぼくは少し迷ってから受話器をとった。

「なんだ、いたのかね」

低音でズシンと腹に響くような声。大学時代はグリークラブでバスをつとめていたという彼は、二十年以上におよぶ編集者生活を、小さな出版社の海外文学担当一筋に過ごしてきた。

「この声で版権交渉をすると、たいがいこっちの無理が通るんだよ」というのが自慢で、ぼくは彼のことを心の中で〝中年合唱団〟と呼んでいる。

「電話にも出られないってのは、かなり集中してやってるってことだと解釈していいのかな」

〝中年合唱団〟の声はふだんにも増して重々しかった。原稿の遅れは、そのまま編集者と書き手の間の力関係に加算される。

「あと、原書で一ページってところです」

五ページ、サバを読んだ。〝中年合唱団〟は、きちんと口をすぼめた発声で「ほほう」と言った。

「でも、それがそのまま使えるわけでもないんだろ?」

「ええ、まだ粗訳に毛のはえたような段階ですから。いまから文章を整えていって、そうですね、十日あたりにはなんとか」

「十日？　今日は一日だぞ。九日あれば、流行作家なら短編を三本は楽に書ける。その合間にエッセイを二本書いて、インタビューを受けて、毎晩酒を飲みながらな」

「九日には、なんとか」

「八日だな」

「あと一週間しかないんですか」

「間違えないでくれ。七カ月プラス七日なんだぞ。奥さんの一件で情状酌量しても、これが限界だ」

「……わかりました」

「必要な資料類があれば遠慮なく言ってくれ。ただし、締切はもうこれ以上延ばせないからな」

電話のあと、卓上カレンダーの十一月八日の日付を赤ペンで囲んだ。ゴミ箱に捨てたばかりの十月のカレンダーには、上からバッテンで消された赤い丸が三つ記されているはずだ。

夕食に海老ピラフと中華風サラダとコーンスープを作ったが、耀子は布団にもぐり込んだままだった。

「腹が減ったら、いつでも声をかけろよ」

そう言うと、耀子は布団の中から「ごめんなさい、ごめんなさい」とくぐもった声で答えた。ぼくに謝っているのではない。耀子は、姿の見えない何者かに責められ、咎められ、なじられ、あざ笑われているのだ。

雨は、昼間よりは勢いを弱めていたが、あいかわらず降りつづいている。

ニュースでは、北の地方のいくつもの街で、雨が雪に変わったことを告げていた。

日付が切り替わる少し前に、仕事部屋で、一人きりの乾杯をした。アンソロジーの最後の作品の翻訳が終わった。最後の最後でやっかいな構文にひっかかってしまい、ワープロの入力と抹消を何度も繰り返したものの、とりあえず大きな仕事にけりがついたことになる。

電源を切ったワープロの、緑色とネズミ色の混じりあったようなディスプレイを眺めながら、バーボンのオンザロックをゆっくりと飲んでいく。埃《ほこり》っぽいような煙たいような、ざらついた舌触りだ。

一時間ほど前に部屋を覗いたとき、耀子は布団から顔を出して眠っていた。部屋の明かりが点いていたが、そのままにしておいた。鬱の波が訪れたときの耀子は、暗闇《くらやみ》をひどく怖がる。視線を向ける先を見つけられないせいだ。

耀子は、よく、こんなふうに言う。

「どこを見ていいかわからないけど、でも、目を開けてるってことはどこかのなにかを見てるってことでしょ。じゃあなにを見てるんだって訊かれても、真っ暗だとわかんないわけじゃない。なーんにも見えないものを見てるんです、なんて……。そういうのって、どうすればいいと思う？」

訊かれても、ぼくにはなんとも答えられない。

すると、耀子は譬え話を持ち出してくる。

「体中の皮膚の中に、数え切れないくらいの目が埋まってるの。そういうのを想像してみて。いま、ここに目があるでしょ。あれは、たまたまバリバリッて皮膚を突き破って表面に出てきただけで、ほかにも数え切れないくらいの目が皮膚の下には埋まってるのよ。いつもはその目は閉じてるから、なんにも気にしないでいいんだけど、鬱のときに暗闇の中にいると、全身の目が一斉に開くのよ。それで、なにかを見よう見ようとしてるんだけど、皮膚があるから外の世界をなにも見ることができないのね。なにも見てないんだけど、でも、見てるの。わかるかなあ、この感じ……。すっごいイライラしちゃって、もどかしくて、気持ち悪くって、いてもたってもいられなくなるくらい不安になっちゃうんだよね。でも、いてもたってもいられなくなる元気もないの。イライラする気力もないわけ。わかる？」

わかるような気も、ほんの少し、する。

ウイスキーを啜りながらその会話を思い出し、でもたぶんほんとうはわかっていないんだろうな、と首を横に振った。

9

耀子の鬱は、翌朝にはなんとか治まった。

雨はまだ降りつづいている。明け方に気温がぐんぐん下がり、朝のニュースによると各地でこの秋一番の冷え込みを記録したらしい。

おかげで、忙しさに紛れかけていた風邪が本格的に暴れはじめた。目覚めた直後の体温は三十七度五分。それが、朝食のあとかたづけを終えたときには三十八度二分にまで上がっていた。

「どうしても出かけないとまずいの？」

寝室のドアから顔だけをリビングに覗かせた耀子が、心配そうに訊いてくる。

ああ、とぼくはうなずき、即効性が売りもののアンプル薬を一気に飲み干した。ソファーに座っていても、体が揺れる。気をゆるめるとそのまま倒れてしまいそうだ。

「外、寒いんでしょ。もっと悪くなっちゃうよ」

「しょうがないだろ。約束しちゃったんだから」

「いまから電話して断ればいいじゃない」

「そういうわけにはいかないんだよ」

たったそれだけの受け答えでも、息苦しくなってくる。喉も痛い。ゆうべは酒など飲まずにさっさと眠るべきだった。ベッドにもぐり込んだときは、午前二時をまわっていた。なにをしていたというわけでもなく、ウイスキーを啜りながら、いろいろなことを考えていた。一晩たてば忘れてしまう程度の、つまらない考えごとだった。

「ぎりぎりまで寝てれば？　あたし、起こしてあげるよ」

「だいじょうぶだよ。耀子だってまだ具合悪いんだし、風邪が移ったらまずいだろ。俺のことはいいから、のんびりしてろよ」

「うん……」

「昼飯を食べたら、すぐに帰っ……」

「てくるよ」を大きなくしゃみが吹き飛ばしてしまった。

耀子は顔をしかめ、空中に飛び散った風邪のウイルスをせき止めるみたいにドアを素早く閉めた。

バスと電車を乗り継いで都心に入ったら、雨はだいぶ小降りになってきた。雲に覆われた空も、その裏側には明るさを貼りつかせている。

ホテルのロビーに入ると、ゆったりしたシルエットのスーツに身を包んだ〝って感じ〟が片手を軽く挙げながら近づいてきた。

「どうしたんですか、重装備ですね」

〝って感じ〟は、厚手のツイードのスーツにVネックのセーター、さらにコートまで着込んだぼくを見て、あきれたように言った。

「ちょっと風邪気味なんだ。ソファーでうたた寝したのが悪かったみたいで」

「だいじょうぶですか？」

「まあ、なんとか」

「そうか……体調不十分か……」

〝って感じ〟は腕組みをして、まいったな、と息を継いだ。

「どうかした？」

「いやあ、そうだな、前もって話しといたほうがいいでしょうね。例のおっさん、かなり厄介な奴らしいんですよ」

〝って感じ〟にうながされて、手近なソファーに座った。〝って感じ〟はライトタイプのキャメルを吸い、ぼくはメンソールキャンディを口に含む。

「厄介ってのは、どういう……」

「会社を出る前に日本側のエージェントから電話が入ってきたんですよ。覚悟して会ったほうがいいって感じでね」

「覚悟？」

「エージェントがね、殴られちゃったんですよ。あのオヤジに」〃って感じ〃は自分の頬に軽く拳骨《げんこつ》をぶつけた。「右フック一発、鼻血ダラーッ……。今日も、ほんとは食事に同席するはずだったんですけどね、病院に寄らなくちゃいけないんで、どうなるか……」

「喧嘩《けんか》したわけ？」

「まさか。日本のエージェントがあっちの作家にからむことなんて、百パーセントありませんよ。一方的にやられちゃったんですよ。どうもねえ、かなりの酒乱で、かなりの乱暴者みたいなんです」

「そうなるな」

「おまけに体もプロレスラー並みなんですよ。覆面レスラーってのが、洒落にならなくなっちゃったんです。ほんと、つくづくまいったって感じですね」

〃って感じ〃はまだほとんど吸っていない煙草を灰皿に捨てて、腕時計に目をやった。ぼくもキャンディをティッシュペーパーにくるんで捨て、軽く咳払いをして喉の調子を整える。

「……ゴツイ奴だったのか」

ひとりごちると、〝って感じ〟は「どうしました?」と聞き返してきた。

「いや、訳してるときのイメージだと、もっと線の細い、神経質そうな作家だと思ってたんだ。最初は女流作家かと思ったくらいだからな。うまく言えないんだけど、訳してると、そういう勘がはたらくんだよ」

〝って感じ〟は、なるほどねえと気のない相槌《あいづち》を打ち、「みんながみんなヘミングウェイみたいにわかりやすけりゃいいんですけどね」と、これもおざなりにつぶやき、もう一度腕時計を見た。

「じゃあ、そろそろ行きましょうか。なんか、気が重いですけどね」

「うん……」

「あ、それから、エージェントが通訳兼任のはずだったんですけど、そういう事情ですから、よろしくお願いします。ぼく、英会話は全然だめなんで。ハハハッ」

ぼくは咳払いを繰り返す。熱が、また少し上がったようだった。


ホテルの地下にある懐石料理店の個室に通されて、お茶を啜りながら、小説家が来るのを待った。座敷は掘り炬燵《ごたつ》式になっていたが、〝って感じ〟は、正座をすべきか膝をくずしてもいいものか決めかねて、落ち着きなく腰を浮かせたり沈めたりしている。

懐石コースは、長めに見積もっても一時間半あれば終わるだろう。食事がすめば、そのままタクシーで帰宅だ。

頭の中で段取りをつけていると、まるでそれを見抜いたみたいに〝って感じ〟が言った。

「体調悪いときに申し訳ないんですが、なるべく、おっさんといい関係をつくっておいてください。なんといっても、ご指名ですからね。今後のこともいろいろあるし」

「今後のこと？」

「次回作や、原文での出版や、その他いろいろですよ。せっかくつかんだチャンスをわざわざ手放したくはないでしょ、誰だって。食事中の話もね、特にインタビューって感じで意識する必要はないんですが、たとえば会見記くらい書く心づもりで、いろいろと観察してってくださいよ」

「でも、今回の来日はそういうのは一切……」

「たとえばの話です、たとえば」

襖《ふすま》が開き、仲居が顔を出した。

「お連れ様、いらっしゃいました」

笑顔がこわばっている。

ぼくと〝って感じ〟は一瞬顔を見合わせ、どちらからともなく腰を浮かせた。

仲居は逃げるように顔をひっこめ、かわりに、ぼろぼろのアーミージャケットを着た大男が姿を現した。

小説家だった。


セイウチのような男だ、というのが第一印象だった。

突き出た腹を中心に紡錘形をした体格だけではない。耳の上だけを残してあとはきれいに禿《は》げあがった頭、眉にくっつきそうな小さな目、アングロサクソンにしてはそれほど高くない鼻と、その下にブラシのように生えている髭《ひげ》……それらがすべて合わさって、セイウチだった。

〝セイウチ〟は上がり框《かまち》に片足をかけて、ぼくと〝って感じ〟をじろりとにらんだ。小さい目の、瞳《ひとみ》はブルーだ。陽に灼けている。顔の肌はサンドペーパーみたいに荒れ放題で、頬には剃刀《かみそり》の細かな傷がいくつも残っていた。年格好は五十代半ばから六十代といったところだ。文章から想像していたより、かなり歳をくっている。『あなたについて』にかんしては、どうも勘がうまくはたらいてくれない。

　ぼくたちは腰を浮かせたまま、向かい側の上席に座ってくれるよう手振りで示した。〝セイウチ〟はにこりともせず座敷に上がった。靴は、泥がこびりついたバスケットシューズ。ソックスは履いていなかった。膝を曲げると、洗いざらしたジーンズの膝がぱっくりと口を開けた。

　〝って感じ〟に脇腹をつつかれて、ぼくは英語で型通りの挨拶《あいさつ》をした。

〈お目にかかれて嬉しく思います。日本にようこそ〉

　〝セイウチ〟はぼくをちらりと見て、憮然《ぶぜん》とした面持ちで席についた。木製の華奢《きゃしゃ》な座椅子は、〝セイウチ〟が本気で背もたれに体重をかけると壊れてしまいそうだった。

〈お疲れのところ、わたしたちのためにお時間を割《さ》いていただき、どうもありがとうございます〉

　返事はない。発音が悪いのだろうかと思ったが、そういうわけでもなさそうだ。言葉を聞き流し、なにをごちゃごちゃ言ってるんだ、と無視する。そんな雰囲気だった。

「えらく無愛想ですね」と〝って感じ〟が小声で言った。ぼくは黙って、顎を軽く引く程度にうなずく。

　さっきとは別の、もっと歳かさの仲居がやってきて〝セイウチ〟の前にオシボリを置き、「お飲み物はいかがいたしましょうか」と〝って感じ〟に訊いた。

た。

「えーと、ぼくはとりあえずビールって感じかな……」

〃って感じ〃に顎をしゃくられて、ぼくも「同じでいいです」と答え、〃セイウチ〃に訊いた。

〈飲み物はなにがいいですか？　ビアー、ワイン、スコッチ、バーボン、ジャパニーズ・サケ……なんでもあります。お好みのものをおっしゃってください。われわれはビアーにしましたが〉

〃セイウチ〃は、ゆっくりと、大きく、うなずいた。初めての反応だった。

そして、彼は、砂利道を突っ走るトラックのようなひび割れた声で、力強く言った。

〈ショーチューだ、ショーチューを持ってこい！〉

酒臭い息があたり一面に撒き散らかされた。〃って感じ〃が思わず息を止めたのがわかった。仲居は注文を復唱することなく、厨房《ちゅうぼう》に戻っていってしまった。

〈ショーチューがお好きなんですか？〉

ぼくが訊くと、〃セイウチ〃は両切りのラッキーストライクをくわえ、これも派手に煙を吐き出しながら、嬉しそうに言った。

〈大好きだぜ、こんちきしょうめ。こんな旨い酒が、どうしてニューヨークにないんだ〉

訛《なま》りのきつい、乱暴で、がさつで、下品な英語だった。

〈ニューヨークにお住まいなんですか？〉

〈いや、俺はアーカンソーだ。ものの譬えってやつだ、それくらいわからねえのか、バカ〉

〝セイウチ〟は握り拳くらいは飲み込めそうな大きな口を開けて、店じゅうに響き渡る声で笑った。ガハハでもワハハでもなく、バハハハハッという、喉のどこかが裂けているような声だ。本物のセイウチの笑い声など聞いたことはないけれど、彼の笑い声は、セイウチ以外の何物でもないような気がした。

ビールと、南部鉄の徳利《とっくり》に入った熊本産の麦焼酎《むぎじょうちゅう》が運ばれてきた。

〈ショーチューの飲み方はどうしますか？　お湯割り、ソーダ割り、あるいはオンザロックス……〉

〈ストレートだ。こんなもの、薄めて飲む奴の気が知れねえな〉

〈……わかりました。じゃ、ストレートで〉

仲居は、徳利に合わせた鉄のぐい飲みに焼酎を注いだ。ところが、それを見た〝セイウチ〟はしかめつらでぼくをにらみつける。

〈ちょっと待てよ。こんな小さなグラスじゃ、注ぐほうが忙しくて酒を飲んだ気がしねえじゃねえか。俺は、てっきり、この水差しみたいなやつから直接飲むもんだと思ってたんだ、バカ野郎め〉

オンザロック用のグラスに注ぎ替えると〝セイウチ〟はやっと満足そうにうなずき、ぼくは、聞き取りにくい英語のヒアリングと、もとの言葉のニュアンスをなるべく柔らかくして〝って感じ〟と仲居に伝えることで、早くもぐったりと疲れていた。

「じゃあ、えーと、乾杯しましょうか」〝って感じ〟の声もうわずっていた。「えー、おかげさまで翻訳のほうも売れ行き好調でして、われわれとしてもとても嬉しく思っています。そして、また、わざわざ日本にまで来ていただいて、こうして食事をともにする機会が持てるというのは、実に光栄であります……」

〝って感じ〟はまだ話をつづけたそうだったが、ぼくはそれを制し、いったんそこまでの挨拶を訳して〝セイウチ〟に伝えた。

売れ行きのところで、〝セイウチ〟の眉が動いた。

〈くだらん〉

吐き捨てるように、いや実際に、舌にくっついた煙草の葉を掌にペッと吐きつけた。

それだけではなかった。〝セイウチ〟は、ぼくと〝って感じ〟をにらみつけて、早口で怒鳴りはじめたのだ。

〈てめえら、なにぬかしてるんだ！　このバカ野郎のくそったれの腐れちんぽどもが！　いいか、二度と俺の前であの小説の話はするな！　首根っこをへし折るぞ！〉

だいたいそんなふうなことを言って、〃セイウチ〃はモスグリーンのアーミージャケットを勢いよく脱ぎ捨てた。ジャケットの下は、もともとは黒かったのだろうが、いまは洗いざらしてグレイになった無地のTシャツだった。その袖口を無理やり押し広げて、太い腕が伸びている。内側から盛り上がっているような、逞《たくま》しい腕だった。〃セイウチ〃はぼくたちを威嚇するみたいに右の二の腕に力こぶをつくり、左の掌でそこをバンバンと叩いた。

口調と仕草で怒りを察した〃って感じ〃は、笑顔をあわててひっこめて、「まあ、とりあえず、乾杯って感じで……」と震えた声で言った。

すでに〃セイウチ〃は手酌で二杯目の焼酎をグラスに注いでいた。

10

前菜、椀《わん》もの、造り、と料理が運ばれてくる。京都の老舗《しにせ》の支店だけに、昼食とはいえ一品ごとに趣向がこらされている。シチュエーションさえそれなりのものが与えられたなら、実に贅沢《ぜいたく》なひとときを味わえたはずだ。

しかし、現実には、目の前にいるのは無愛想な〃セイウチ〃で、隣にいるのは青ざめた顔の〃って感じ〃で、ぼくの鼻は詰まったままで、頭は熱でぼうっとして、風邪薬の服みすぎで胃も痛い。

〈これはカラスミといいます。ボラの卵巣を塩漬けしたものでして、日本料理を代表する珍味だと言われています〉〈これは松茸《まつたけ》の土瓶蒸しです。蓋の上に載っているのはスダチという柑橘類《かんきつるい》で、これを少し振りかけてください〉〈これは、お刺身といいましても厳密なロウ・フィッシュではなく、鯛《たい》の皮を軽くあぶって、皮つきでスライスしたものです。ベリー・レアのステーキを想像していただければいいと思うんですが〉……。

ぼくの説明は沈黙を埋めるだけにすぎず、〝セイウチ〟は相槌すら打たない。喋れば喋るほど気まずさが深まってしまう。

〝セイウチ〟は焼酎を呷《あお》り、両切りのラッキーストライクを吸いつづける。マナガツオの西京焼きが運ばれてきたときには、南部鉄の徳利で五杯ぶん、ほぼボトル一本の焼酎が腹の中に収まり、灰皿には吸殻がうずたかく積み上げられた。料理はすべて一口で腹に収められ、気を利かせて準備したフォークすらめったに使おうとせず、ほとんど手づかみだった。

「まいっちゃいましたねえ……」

〝って感じ〟が苦りきった声でつぶやいた。顔だけはきちんと、日本人ならではの中途半端な笑みを浮かべている。

「ねえ、ちょっと話を振ってくださいよ。インタビューどうでしょうかって。日本で一番発行部数の多い週刊誌と、エスタブリッシュメントが愛読する新聞と、フランスの雑誌と提携しているモード雑誌でページを空けてますからって」

「それ、ほんとなの？」

「ええ、もちろん。場合によっては、ロビーにカメラマンも待機させてますから、すぐに撮影もできます」

「……さすがだね」

「ビジネスですからね、こっちも」

〝って感じ〟は、初めて、やり手編集者らしい表情を取り戻した。

だが、彼は致命的なミスを犯していた。インタビュー、エスタブリッシュメント、フランス、モード、ページ、ロビー、カメラマン、ビジネス。連想ゲームなら、ここらで解答が出てこなければ観客がいらいらしはじめる頃だ。

そして、〝セイウチ〟は鈍重そうな外見に似合わず耳がよかった。

ぼくが〝って感じ〟の言葉を訳すよりも早く、〝セイウチ〟は空にしたグラスの底をテーブルに叩きつけた。

〈おい、てめえら、小賢《こざか》しいことを考えるんじゃねえぞ。さっきから小人のオードブルみたいなものばかり食わされて、こっちゃいいかげんうんざりしてるんだ。本気で首絞めるぞ〉

訳すまでもなかった。〃って感じ〃は「ち、ちょっとトイレに行ってきます」と〃セイウチ〃に頭を何度も下げながら逃げ出してしまったのだ。

〃セイウチ〃は〃って感じ〃を目で追うこともなく、いらだちを全身にたたえて徳利から直接焼酎を呷った。グラスには、深いひびが入っていた。

もう限界だろう。このままいけば店が壊されかねない。だいいち、こんなふうに頭ごなしに怒鳴られる理由など、どこにもない。

ぼくは自分のグラスに残っていたビールを一息に飲み干して、慎重に、けれど毅《き》然《ぜん》とした口調と語《ご》彙《い》を保ちながら言った。

〈彼を責めないでいただきたい。彼は、あなたとの約束を破ろうとしているのではない。ただ、万が一あなたの気が変わったときにすぐに対応できるように準備を整えていたのだ。それは、あなたという小説家を敬愛し、日本語版の出版を手掛け、あなたの作品とあなた自身をより多くの日本人に知ってもらいたいと願っている編集者としては、しごく当然のことのように思えるのだが、いかがか〉

〃セイウチ〃はじっとぼくを見つめた。彫刻刀の刃みたいな目つきだった。ぼくは目をそらさず、最初よりはいくぶん声をうわずらせながらも話をつづけた。

〈われわれは、あなたを歓迎している。それは確かだ。料理があなたの口に合わなかったことは、こちらの認識不足として詫《わ》びる用意はある。だが、こちらも最善を尽くしたのだ。この料理店は、東京、いや日本でも有数のグレードを誇っている。口に合わなくとも、せめてジャパネスクを楽しんでいただけるのではないかと思ったのだ。残念ながらわれわれの予想ははずれたようだが……。少なくとも、あなたがフォークではなく手づかみで料理を食べるような人で、デカンタから直接酒を飲むような人だという予備知識くらいは与えておいていただきたかった。いかがか〉

〝って感じ〟のグラスに残っていたビールを一息に飲んだ。グラスを持つ手が震えていた。興奮のせいか熱のせいか、額の生え際に汗がじっとりにじみ、体の奥から蒸気がたちのぼってくるようだった。〝セイウチ〟はまだ険しい顔でぼくを見つめている。言いたいことをすべて言ってしまったぼくは、もう口を開かない。正確には開けない。心臓の動悸《どうき》が喉と顎を押し上げ、ビールのげっぷすらなかなか出てこない。

しばらく沈黙がつづいたあと、〝セイウチ〟は不意に、天井を見上げて大声で笑い出した。ぼくは半ば反射的に身を引いた。おそらく、薄い壁を隔てた隣の座敷の客もそうしただろう。

笑い声は十秒ほどつづき、顔の向きを元に戻したとき、もう〝セイウチ〟の表情からは怒りは消えていた。目尻から頬にかけて深い皺を何本も刻みながら、笑いの余韻を楽しむみたいにうなずく。

〈ケイ、おまえはいい奴だ。気に入ったぜ〉

〈……それは、どうも。ありがとうございます〉

ぼくはまだ警戒をにじませながら、小さく頭を下げた。

〈おまえは、いままであんまり怒ったことがないだろう。違うか？〉

〈まあ、そうですね〉

〈下手くそだな、怒り方が。理にはかなってるが、ハートに響かない。相手に、反省はさせても後悔はさせないタイプの怒り方だ〉

〝セイウチ〟は自分の胸板を握り拳で何度か叩き、その拳をテーブルに軽く打ちつけた。ぼくは黙って次の言葉を待つ。

〈たぶん、おまえは、泣き方も笑い方も下手くそだろうな。要するに感情的じゃないんだ〉

〈たぶん、おっしゃることは正しいと思います〉

〈誤解するなよ。俺は、それを悪いと言ってるわけじゃない。俺は好きなんだ、そういう奴が〉

〈……あなたと正反対のタイプですね〉

〈ガキの頃から、数学の得意な奴には憧れてた〉

〈あいにく、ぼくは、数学はジュニア・ハイスクールの時点で才能のなさを思い知らされま

したが〉

〈ものの譬えってやつだ、バカ野郎〉

〃セイウチ〃はそっぽを向いて言った。あいかわらず乱暴な語彙だったが、さっきの「バカ野郎」よりは親しみが感じられた。

〈なあ、ケイ。おまえとはコンビを組めそうだな。俺の直感はめったにはずれたことがないんだ〉

〈直感なら、もっと早く発揮してもらいたかったんですけどね〉

〈俺の直感は時間がかかる。だから、めったにはずれないんだ〉

〃セイウチ〃は林檎《りんご》を二ついっぺんに潰せそうな大きく分厚い掌を差し出してきた。節くれだった指には、刺さったら痛そうな堅い毛が密生している。手と体格だけを見たら、タイプライターのキーを叩くよりはログハウスを作るほうが似合っている。

ぼくも、おずおずと、力仕事からずいぶんごぶさたしてしまった掌を差し出した。アラスカ沖のタラバ蟹《がに》と脱皮したての上海蟹が組み合うような握手だった。

〈ところで〉〃セイウチ〃が言った。〈ビジネスが好きな編集者は、化粧でも直してるのかよ〉

〈たぶん、小人のオードブルをせめてガリバーの食べるドロップスくらいには替えるように

交渉してるんですよ〉

〝セイウチ〟はヒューッと口笛を吹き、おどけて肩をすくめた。

〈なあ、ケイ。ここはあまり居心地がよくない。河岸《かし》をかえねえか〉

〈それはいいんですが、編集者がまだ……〉

〈俺は、おまえとコンビを組むと言った。おまえたち、じゃない〉

〈はあ……〉

ぼくたちは立ち上がり、個室を出た。仲居たちは〝セイウチ〟が前を通りすぎると一歩後ずさり、その後ろをぼくが通ると険しい顔でにらみつけてきた。

〝って感じ〟はまだ姿を現さなかったが、座敷にセカンドバッグを残していたから戻ってくる意志はあるのだろう。すべては事後報告でいい。いまは、とにかく、〝セイウチ〟につきあうしかなさそうだった。

ホテルを出て、タクシーに乗った。雨はほとんどあがっていて、タクシーのワイパーも大通りに入ったところで間歇《かんけつ》に切り替わった。〝セイウチ〟は車に乗り込むなり運転手にメモを手渡し、そのメモに従って車は右折と左折を交互に二度ずつ繰り返して、高速道路のランプウェイに入った。都心から西に延びるルートだった。

〈どこに行くんですか？〉

〈俺の一番好きなところだ。なあ、ケイ。俺はいま六十歳だ。でも、いくつになっても、どこに行っても、好きな場所は変わらないんだよ。半世紀前、アーカンソーの山の中でチェンソーを遊び道具にしてたガキのまんまなんだ〉

焼酎をあれほど飲んだのに、〝セイウチ〟の口調や仕草には酔った様子はなかった。

〈そこは、酒が飲める場所なんですか？〉

〈飲もうと思えば飲めるさ。ショーチューよりもバーボンのほうがいいかもしれない。少し臭いからな。ショーチューのデリケートなにおいは負けちまう〉

〈臭い？〉

〈ちょっと寝るぜ。時差ぼけなんだ。話はあとでゆっくりしよう〉

〝セイウチ〟は、狭いタクシーの後部座席で苦労しながら体を伸ばし、大きなあくびをひとつこぼしたかと思うと、すぐに寝入ってしまった。

高速道路は空いていた。車は快調に距離を稼ぐ。天気は回復に向かっているのだろう、西に進むにつれて空が明るくなり、二十三区内を出たあたりで運転手はワイパーを停めた。

〝セイウチ〟の寝息は荒い。眠っているのかうなっているのかわからないほどだ。ときどき、歯軋《はぎし》りとつぶやきも交じる。つぶやきは、くそったれ、ばかりだ。眉間に縦皺が走り、息を吐き出すたびに鼻の下の髭がうごめく。髭には白いものが多い。耳の下から顎にかけての肌は、年相応に弛《ゆる》んでいる。向き合っているときとは違って、こうして横顔を眺めていると、〝セイウチ〟の表情にはどこか寂しげな影が宿っていた。

車は四つ目の出口の手前でスピードをゆるめた。ぼくが深夜に都心から帰宅するときに使っているインターチェンジだった。

行き先を尋ねると、運転手は「動物園です」と答えた。

「動物園？」

「はあ。メモにそう書いてましたんで……」

くそったれ、と〝セイウチ〟はまたつぶやいた。

そんなわけで、高速道路を降りた三十分後、ぼくと〝セイウチ〟はオランウータンの檻の前で、インターチェンジの近くのコンビニエンスストアで買い込んだバーボンウイスキーを飲んでいた。

11

〈世の中で、オランウータンほど憂鬱を抱え込んでる動物はいない。そう思わねえか、ケ

イ〉

〈確かに、ちっとも楽しそうじゃないですね〉

〈俺はものごころついてから数え切れないくらい動物園に行って、たぶん、延べにすれば、地球上に生き残ってるオランウータンの何パーセントかは見た計算になるんだ。でも、ただの一度だってあいつらが楽しそうに生きてるのを見たことがない。日本のオランウータンも、例外じゃなかったな〉

〝セイウチ〟はガラス張りの檻に顎をしゃくった。檻の中は二つの部屋に分かれていて、奥の部屋は薄暗く、外からはほとんど見えないようになっている。オランウータンはその奥の部屋の隅にしゃがみこんで、長い体毛に隠れるようにうつむいている。ひどく神経質な動物なのだと、ぼくも昔なにかの本で読んだことがある。

雨があがったばかりの動物園には、人影はまばらだった。しかも、数少ない客の大半はライオンバスに乗ったり、その動物園の目玉でもあるコアラを見ているので、敷地のはずれにあるオランウータンの檻の前にいるのはぼくと〝セイウチ〟だけだった。

ぼくたちはそれぞれウイスキーのボトルを抱え、直接口をつけて飲んでいる。酒の肴は、コンビニエンスストアで買ったビーフジャーキーと、ぼくはハイライト、〝セイウチ〟は両切りのラッキーストライクだった。

ウイスキーを飲みながらいろいろな話をした。

〝セイウチ〟はこれまでに愛した数人の女の話をして、太平洋戦争とベトナム戦争の話をして、ペリー・コモの歌を口ずさみ、民主党をこきおろし、四十年前に死んだ母親の作ってくれたパウンドケーキの旨さを語り、アムステルダムで乳房が四つある娼婦《しょうふ》を買った話をして、日本のホテルのシャワーの水圧の低さに怒り、モロッコの富豪の第二夫人になったガールフレンドの話をして、小豆投機の話を持ちかけて有り金をはたかせたコンサルタントに呪詛《じゅそ》の言葉を吐き、五十五年前に死んだ父親の記憶をたどり、ロナルド・レーガンが端役で出演した西部劇をガールフレンドと二人で観たことを話し、ロスでマイケル・ジョーダンの後ろ姿を見かけた感動を語った。

〝セイウチ〟の話は、まるで短編小説を口伝えしているみたいにディテールが豊かで、ドラマチックな展開を持ち、にやりとしたくなる洒落た比喩《ひゆ》が多かった。だが、これらを小説やエッセイの形で発表する気はないのかと尋ねると、〝セイウチ〟はにべもなく、まさか、と吐き捨てる。

〈なあ、ケイ。おまえ、俺の本の翻訳でいくら儲かった？　かなりの金が入っただろう〉

〈来年の夏までは仕事をしないでも暮らしていけると思いますよ〉

〈そうか、それはよかったな〉

〈でも、あなただって、かなり……〉

ぼくは"Considerably"を遣ったが、〃セイウチ〃は、おそろしいほどだ、と"Terrible"に訂正した。

〈俺は、六十年間生きてきた。いいときもあれば悪いときもあった。踵のとれた靴を履いて職を探したこともあったし、ティファニーとまではいかないがけっこうな値段のリングを惚れた女に贈ったこともある。ツイードのオーバーコートにくるまって床に寝たこともあれば、ストーンズのステージをアリーナで観たこともある。金相場に一喜一憂していた半年後には部屋じゅうひっかきまわして煙草代をかき集めて、その一年後には、いれたてのブルーマウンテンの薫りで目覚めてた。要するに、いろいろあったってことだ。わかるか?〉

〈ええ……〉

〈でもな、どんなときでも一番好きな場所は、動物園の、オランウータンの檻の前だったんだよ。これもわかるな?〉

〈なんとなく、ですけどね〉

〈それでいいんだ。わかればいい。どんなふうにわかったかなんて言わなくたっていい。言われてたまるかってんだ〉

〃セイウチ〃はぼくの肩を二、三度叩いて、オランウータンの檻から一番近いベンチにふらふら歩いていった。ぼくは背骨にまで響いた痛みをこらえながら、後につづく。

ベンチは雨で濡れていたが〝セイウチ〟は気に留めることもなく勢いよく座り、しかたなく、ぼくもそれにならった。冷たさがズボンのツイード地をあっという間にすり抜けていった。

〈なぜ、下手くそな翻訳家を希望したんですか〉とぼくは尻をもぞもぞさせながら訊いた。

〝セイウチ〟は少し考えてから、〈代弁してほしくなかったんだ〉と言った。

〈どういう意味です？〉

〈わけ知り顔で日本語に直されたくなかった。要するに、代弁者が嫌いなんだ。この小説にはこんなことが書いてあるんですが、残念ながら英語なので、わたしが日本語に直して伝えてあげましょう。この作家は、こんなことを言ってるのですよ……〉

〝セイウチ〟は途中から声色を使い、じゅうぶんに間をとってから〈反吐《へど》が出るぜ、まったく〉と煙草の煙を勢いよく吐き出した。

〈じゃあ、なぜ英文のまま本国で発表しなかったんですか〉

〈自分の本が書店やドラッグストアに並んでるのを見たくなかったんだ。遠い国の、どんな奴なのか見当もつかない奴らが読んでる、それだけでいいんだ〉

〈でも、翻訳だと……特にぼくのような下手くそな翻訳家に任せると、あなたの真意が正し

く伝わらないんじゃないかという恐れはなかったんですか？〉

〈真意？〉

〝セイウチ〟は大袈裟《おおげさ》に抑揚をつけて聞き返し、耳に貼りついた言葉を振り落とすみたいに鼻を鳴らして笑った。

〈真意なんてもの、どこにあるんだよ。この世の中に、わざわざ文章にしてまで伝えるべきものなんてあるのかよ。なあ、ケイ。俺にはちっともわかんねえぜ。少なくとも、俺にはない。ないってことで、俺は正直に生きてるんだという自信があるんだ〉

わかるだろ、と〝セイウチ〟はぼくを見た。ぼくは黙ってうなずく。追従ではなかった。

〈でも、まあ、ケイ、おまえに会えてよかった。安心したぜ。怒り方も笑い方も泣き方も下手くそな奴ってのは、信用できる。少なくとも俺はな〉

〈本人としては、そこのところが悩みの種でもあるんですけどね〉酔いに紛らせ、苦笑い交じりに本音を吐いた。〈けっこう、これで欲求不満に陥ることも多いんですよ。ぼくはあなたのような性格がうらやましいんです〉

〝セイウチ〟はなにも答えなかった。ぼくから目をそらし、ベンチの背もたれに両腕をまわし、くわえ煙草のまま曇り空を見上げる。怒っているような、哀しんでいるような、寂しげな、同情するような、けれどどこか奥深くで微笑んでいるような横顔だった。

そのままの姿勢で〝セイウチ〟は言った。

〈感情を出せない奴ってのは、いつもそうだ。おまえと同じさ。俺の女房もおまえと同じタイプの女だった。感情の出し方が下手くそで、それをいつも気に病んでた。気に病みすぎて、ほんとうに病気になっちまいやがって、くたばりやがった。五年前、俺があの小説を書きはじめる半年前のことだ〉

ハハッと乾いた笑い声が漏れた。煙草の先から灰がこぼれる。

〈俺のせいだ、って息子は言ったよ。俺が女房を追いつめたんだそうだ。もっともだ。俺はずっと女房に言いつづけた。もっと笑え！　もっと泣け！　もっと喜べ！　もっと怒れ！　ある種類の人間には、それがなによりも難しいことだってことがわからずにな。おふくろはあんたとは違う人間なんだ、それがわからなかったのか。息子にさんざん言われたよ。確かにそのとおりだ。女房を追いつめたのは、短気で、感情的で、乱暴者の俺だ〉

〈……なるほど〉

〈でもな、ボブが正しいのはそこまで……ボブってのは、息子の名前だ。ロバート。いまは日本のＩＣチップとコンパクトカーにやっかみながら、ロスで商社勤めだ。俺に似ず、きれいな英語を話す、出来のいい息子だよ。まあ、ともかく、俺はボブに言ったんだ。おまえのおっ母《か》さんは自分から穴ぼこに近づいてったんだぜ、ってな。その穴は、俺が掘ったわけじゃない。最初から、女房の心の中にあったんだ。でもな、その穴ぼこは、幅の狭い、ちっぽけなものだったんだ。いつものあいつの歩幅からすれば、ひょいと跨《また》いで、それでおしまい。その程度のものさ〉

〝セイウチ〟は煙草を口からはずし、指で弾いて捨てた。胸の中に残っていた白い煙が、ため息と一緒に吐き出される。

〈難しい譬え話ですね〉

ぼくは苦笑いを浮かべて言った。

〈さっき言っただろ、理解なんてしなくていいって。されてたまるか。これは、俺と女房の問題で、おまえの知ったこっちゃない〉

〈でも、なんとなく伝わります〉

〈どんな具合に、だ?〉

〈あなたが……奥さんを愛してたことが〉

〝セイウチ〟は笑った。〈洒落たことを言うじゃねえか〉と肩をすくめ、ウイスキーで口を湿らせてから話をつづける。

〈女房の穴ぼこは深かったよ。幅が狭いくせに、どうしようもないくらい深かった。俺に後悔があるとすれば、その深さを見抜けなかったってことだな。深かったよ、ほんとうに〉

〈どのくらい深かったんですか?〉

つまらない問いかけだと自分でも思った。だが、〝セイウチ〟はすんなりとその質問にうなずき、少し間を置いて答えた。

〈睡眠薬六十錠ぶんだ〉

〝セイウチ〟は大きく息を継ぎ、ウイスキーを呷った。ボトルの角度からすると、もう半分以上空になっているはずだった。

〈自殺というのは、感情的な人間にはできないものだってことだ。ほんとうに悲しいときには死ぬ気力もないし、死ぬ気力が出てきたときには生きる元気まで沸き上がってきやがる。すんなり自殺できる奴ってのは、おそらく心の平衡を保つのが上手い奴なんだ。無表情に、おだやかな心持ちのまま、ラインを踏み越えるのさ。女房の死に顔もきれいだった。俺はボブに言ったんだ。いびきが……そう、いびきが聞こえてきそうじゃねえかってな〉

〝セイウチ〟はまた笑った。だが、今度の笑いは次の言葉を紡ぎ出すための助走ではなかった。〝セイウチ〟はビーフジャーキーを糸切り歯でかじり取り、ぼくは棺の中の玲子の死に顔を思い出す。

しばらく沈黙がつづいた。

大学生風のアベックが腕を組みながらオランウータンの檻に近づいてきて、「いないのお？」と言いながら、また別の動物の檻に向かった。女の子のほうは、オランウータンよりもぼくと〝セイウチ〟に興味があるようだったが、男のほうが逃げるように彼女の手を引いていったのだ。

その背中を見るともなく眺めながら、ぼくは言った。

〈小説は、奥さんに捧げられたものだったんですか〉

〝セイウチ〟は空になったラッキーストライクのパッケージをひねり潰して、〈わからん〉と言った。〈誰かに読んでもらおうと思って書いたわけじゃない。それは確かなんだ。読んでもらいたけりゃ、最初からアメリカで出版してるさ。エージェントに送りつけたのだって、ただのジョークだよ。それが……こんなことになっちまった。ひでえ話だ。そう思わねえか〉

ぼくは黙ったままだった。

〈俺は女房を愛してた。わかるな、わかるだろ、俺は愛することも憎むことも人一倍極端な性格だ。それで、愛することと憎むことは、ぴったりと背中合わせに貼りついてやがる。だから俺は、女房を憎んでも、いたんだ。俺がつらいとき、苦しんでるとき、悩んでるとき、怒ってるとき、喜んでるとき、舞い上がってるとき、どんなときだって、あいつは俺と同じ気持ちにはなれなかった。十万ドル稼いだら、まず五万ドルを預金して、三万ドルで国債を買って、一万九千ドルで息子名義の預金をつくり、残りの千ドルで家の壁紙を張り替える。そんな奴だった。ベッドルームが四つあるペントハウスとスラムを行ったり来たりするよりは、ささやかなアパートメントでずっと暮らしたいと願うような奴だったんだよ、あいつは。つまらない奴だ。でも、愛してた。誰よりも、愛してた〉

〈わかります〉

〈あの小説は鎮魂歌じゃない。遺書でも自叙伝でもない。うまく言えないんだけどな……少なくとも、次回作を楽しみに待っています、なんて手紙を寄越してくるような奴らに読ませるための作品じゃあないんだ〉

〈それも、わかります〉

アーミージャケットから、新しいラッキーストライクが取り出される。左手の薬指にくすんだ銀色の結婚指輪が見えた。ぼくはウイスキーのボトルを口にあて、喉に直接流しこむように勢いよくボトルを逆さまに立てた。熱さが喉から胸に弾ける。

〈ジョークを飛ばす気になったのは、なぜですか〉

〈訊きたいか〉

〈失礼な質問だったとしたら、謝ります〉

〈そんなことはないさ。うまくは言えないが、俺っていう男が、俺が思っていた俺と違っていることに……いや、そうじゃない……俺は俺のことが好きに……違うな……要するに、俺は、女房が死んでから、俺とあいつは決して正反対の人間じゃないっていうことに気づいたんだ。そこから、五年さ〉

〝セイウチ〟は何度も首をひねりながらそう言って、ぼくに向き直った。目をしょぼつかせていた。

〈ケイ、おまえに会いたかった。五月以来、ずっとな。おせっかいでおしゃべりで臆病者《おくびようもの》の編集者が、エージェントを通じて、奴らの大好きなビジネスの話のついでに教えてくれたぜ。いろいろと、大変だったそうじゃないか〉

〈どうも……〉

〈おまえ、女房が死んだとき、泣けたかい？〉

ぼくは黙って首を横に振った。

それを見て、〝セイウチ〟は煙草の煙と一緒に〈俺も、そうだったんだ〉と言った。

『あなたについて』の主人公の《あなた》は章によって男性になったり女性になったり、若者になったり老人になったり、舗道に落ちたカエデの葉になったり、チャイナタウンの金物屋に並ぶ中華鍋《ちゆうかなべ》になったりしている。

中に、こんなチャプターがある。

売り買いの勘が冴《さ》え渡って株で一稼ぎした《あなた》は、一晩がかりで祝杯をあげて明け方に帰宅し、妻をたたき起こし、喜びを分かち合おうとした。いつものことだった。《あなた》は酒好きの乱暴者で、妻とは決してうまくはいっていない。当然、妻は怒った。連絡なしで帰宅の約束時間を破ったことをなじり、冷凍庫からラップにくるんだハンバーグやグラタンを取り出して《あなた》に投げつけた。いつもなら《あなた》も負けずにやり返すところなのだが、その夜にかぎって《あなた》は素直に非を認め、ベッドに戻った妻に毛布をかけてやりさえもした。

翌朝、妻は家を出ていった。昼前になって猛烈な二日酔いとともに目覚めた《あなた》は、家から妻の荷物が消えているのを確かめ、ため息をつきながら冷蔵庫のドアを開けた。フリージングされたハンバーグ、昨夜《あなた》がキッチンの床から拾い上げて冷凍庫に戻したハンバーグを、電子レンジで解凍する。

章のしめくくりは、次のような文章だ。

《あなたはいまでも思う。もしも柄にもなく謝ったりしなかったら、いつものように平手打ちの二、三発でも妻にくらわしていたら、妻は家を出ていかなかったのではないか、と。だがしかし、あなたはこの短い文章で、そんなことを言いたかったのではないだろう。暖房の切られた凍えるようなダイニングルームで、一人きりで食べたハンバーグは、ひどく旨かった。いままでにこれほど旨いハンバーグを食べたことはないし、これからもないだろうと思う。もちろん、あなたは女房が邪魔だと言っているのではない。要は、あなたの妻は料理の得意な女性だったということなのだ。そして、料理の得意な女性というのは、ある種類の料理は絶望こそが最高の調味料となりうることを、知っている。あなたの妻は、絶望的なまでに、料理の得意な女性だったのである》

〝セイウチ〟は、きっときわめつきの愛妻家だったのだろうと思う。

十一月の早い夕暮れがぼくと〝セイウチ〟を包みこむ頃、閉園を知らせるアナウンスが聞こえた。

〝セイウチ〟は空になったウイスキーのボトルで肩をとんとん叩きながら、オランウータンの檻を覗きこんだ。

〈だめだな。やっぱり鬱のまんまだぜ、このおサルさんは〉

ぼくは三分の一ほど中身が残ったボトルを抱きしめるようにして、頭痛と吐き気と寒気と眠気に耐えていた。返事はおろか、うつむいた顔を上げる気力もなかった。

〈なあ、ケイ。キョウトやヒロシマにも動物園はあるよな。オランウータンがいるのかなあ。

おまえ、そのあたりは詳しくないのか?〉〈おい、そろそろ引き揚げるか〉〈なんだったら、そのへんでショーチューの飲める店にもぐりこんでもいいな〉〈おい、ケイ。立てよ。係員の野郎がごちゃごちゃ言ってるぞ。もう門を閉めるんだってよ〉〈おい、どうしたんだよ、ケイ!〉

その声が耳に届いたのを最後に、ぼくは意識を失ってしまった。前のめりに倒れこむ寸前に、〝セイウチ〟の太い腕に抱きとめられた。初めてなのに、懐かしい感触だった。

目を覚ましたとき、ぼくはリビングのソファーに寝かされていた。

ベッドに行ったほうがいいわよ。

柔らかい声が頭上に降りそそいでくる。玲子だ。ぼんやりした意識の中でそう思いかけて、違う、これは耀子の声だ、と首を横に振った。いや、振ったつもりになっただけで、実際には首はぴくりとも動かなかったのかもしれない。目を開けようとしたが、上下の瞼が貼りついてしまったみたいだ。

なんとか上体だけを起こすと、カプセルの薬と湯冷ましの入ったグラスを手渡された。

ベッドに氷枕置いといたから、朝になっても熱が下がらなかったら病院に行ってね。

たるんだカセットテープを再生しているみたいに、声はふわふわと揺れ、近づいたり遠ざかったりしていたが、確かにそれは耀子の声だった。

ガイジンさんも心配してたよ。東京に帰ったらまた連絡するからって。お土産に食べかけのビーフジャーキー貰っちゃった。

セイウチみたいなおっさんだっただろ。

うん。でも、すごく優しそうだったよ。圭さんを背負ってさ、アイム・ソーリーばっかり言ってんの。

いい奴なんだよ、あいつ。

そうだね。早くベッドに行きなよ。ほら、壁に手をつけばなんとか歩けるでしょ。

耀子の声に導かれるようにして、ぼくは寝室に入り、ベッドに倒れ込んだ。氷枕の冷たさとぐにゃぐにゃした感触が心地よかった。

圭さん。

ん？

今日、大学病院に行ってきたの。冬眠のこと、いろいろ相談してね、ついでに赤ちゃんの性別も聞いてきちゃった。

どっちだって？

女の子。前からそんな気がしてたんだ、なんとなくね。

そうか……。

耀子の声を耳に溜《た》め込んだまま、ぼくは再び眠りに落ちた。

12

風邪が治るまでに三日かかった。その間、仕事部屋には一度も足を踏み入れなかった。熱のせいだけではなく、どうしても仕事に取りかかる気が起きなかったのだ。

四日目の朝、七時に目を覚ましたぼくは、蜂蜜《はちみつ》入りのホットミルクを持って仕事場に入った。留守番電話のメッセージランプが八連符で点滅している。予想どおり、最初の三本は〝って感じ〟からだった。

「いったいどうしちゃったんですか。ほんと、心配してるんですよ。あの野蛮人と一緒なんですかあ？　電話ください」「えー、あのバカタレは無事ホテルに帰ってきたそうです。それにしても連絡なしってのは、ちょっとひどいんじゃないですか？　こっちの立場も考えてくださいよ。とにかく、返事待ってますから」「もしもし、ぼくね、いま、かなり頭に来てるって感じですよ。あいつ、京都に行く前に、またエージェントを殴ったんですよ。もう二度と東京に帰ってくるな、二度と日本に来るなって言いたいですね。それと、あんたにも。

いいかげんにしろって感じで」

最後の声は、かなり酔っていた。気持ちはよくわかる。

メッセージの四本目から七本目までは、雑誌の編集部からのこまごました連絡事項だった。打ち合わせ、原稿の締切の確認、原稿料の振り込み先について、エッセイの依頼。そして最後の一本が、〝中年合唱団〟から。

「えー、いま、十一月、五日の、あー、午後六時、ちょうどです」低音の響きを自慢するみたいにゆっくりと喋っている。「あー、原稿のほう、進みぐあいはいかがでしょうか。また明日にでもお電話いたします。営業部や出版部その他の段取りはつけましたから、リミットの変更なきよう念を押しておきます。では、よろしく」

ワープロの電源を入れ、まずリハビリテーションとして〝って感じ〟に短い事情説明と詫びの手紙を書いた。それをファクシミリで流し、コーヒーメーカーに豆と水をセットした。コーヒーがはいるまでの間に、ホットミルクの残りを飲みながら、三日ぶんの郵便物の整理をする。

原稿料の振り込み通知や定期購読している英文雑誌や英字紙やエッセイの掲載された雑誌などに交じって、一通だけ、耀子宛《あ》てのダイレクトメールがあった。生まれてくる赤ん坊の足型をブロンズのレリーフにするという会社のパンフレットだった。

たのだ。

《愛する赤ちゃんの人生の第一歩を、永遠の想《おも》い出に》

そんなコピーが掲げられている。

ぼくは雑誌の封筒と一緒にそれをゴミ箱に放りかけ、少し考えてから机に戻した。「なにそれ、バッカらしい。なんでも商売にするんだから」とあきれる耀子の顔を思い描きながら。

昨日、耀子は髪を切った。肩までのまっすぐな長い髪を、玲子と同じショートカットにしたのだ。

「おなかが大きくなってくるとシャンプーするのも大変だからね。どうせだったら玲ちゃんと同じにしようと思って。けっこう似てるでしょ」

耀子は屈託なく笑い、髪の毛のなくなった首筋を軽く撫で上げた。

確かによく似ていた。似すぎて、目をそらしたくなるくらいだった。違うのは笑顔だけで、けれどそれも「玲ちゃんもこんなふうに笑ってたよ」と耀子に言われればうなずくしかなかった。玲子についての記憶は、もちろんすべてなくなったと言えば嘘になるけれど、半年間でずいぶん生々しさを失っていた。

「美容院の鏡を見ながら思ったんだよね。ああ、あたしと玲ちゃんってやっぱりきょうだいなんだなって。ついでに、お父さんやお母さんのことまで思い出したりしてね。ひさしぶりに、じーんときちゃった」

耀子はそう言って、いつもそうするようにおなかに手を当てて、「ねっ、赤ちゃん」と微笑みかけた。おなかの中で赤ん坊は元気に動いている。話し声や音楽にも反応するようになっているらしい。

「圭さんは玲ちゃんのこと、たまに思い出したりする?」

ぼくは、熱があるからあまり考えたくないんだという表情をつくって、「たまにはな」と答えた。

電動泡立て機の取り扱い説明書のような文章が並んだワープロの画面の真ん中あたりに、言葉を割り込ませた。

《玲子》

すぐに抹消し、次の言葉を打ち込む。

《私は泣けなかった》

これも、変換が終わるとすぐに抹消キーを操作する。コーヒーを啜り、ため息をつき、もう一度キーボードに指を置く。

《なぜだろう》

抹消。ハイライトに火をつける。

《耀子の赤ん坊》

抹消。あくびが漏れる。

《私はなぜ家族になるのだろう》

抹消。どうしても誰かに伝えなければならないことなんて、ぼくにはやはりないのだろう。それを確認して、時計を見る。七時半に、ちょうどなったところだった。ブラインドにせきとめられた陽射しが、ルーバーのわずかな隙間から部屋の中に入りこみ、浮き上がるでも沈むでもなく舞う小さな埃を照らしていた。

耀子は、箸の先で鯵《あじ》の開きの身を崩しながら言った。

「ゆうべ、ふと思ったんだけど」

「なにが?」とぼくは、生卵を落とした納豆を掻き混ぜる。

「うん。あのさ、今年って、あたし全然性欲がないんだよね」

「……朝飯食いながら言う話かよ」

「食欲と性欲は対等よ。あと、睡眠欲も」

耀子は鯵の身をご飯に載せて、湯気のにおいまで味わうみたいに大きな口を開けて頬張った。ぼくは納豆に薬味の葱と溶き辛子を足し、さらに勢いよく掻き混ぜる。

「でね、圭さん」口の中の半分をご飯で埋めて、耀子は話をつづけた。「あたし、ずっと赤ちゃんが欲しかったのかもしれないって思ったの。自分で意識してるんじゃなくて、本能みたいなものでね、赤ちゃんが欲しかったんじゃないかって」

「だから、あれだけ……したのか」

「うん。そんな気がするんだよね。だってさ、いままで数え切れないくらい男と寝たのに、気持ちよかったことなんて一度もなかったんだよ。それでも男が欲しくてたまらなかったってのは、赤ちゃんが欲しかったからとしか考えられないじゃん。いまのあたし、赤ちゃんがおなかの中にいることで、なにかバランスがとれてるんだもん。おなかに重しが入ったから重心がぴったりになったっていうか」

耀子はそこで言葉を切り、葱と油揚げの味噌汁《みそしる》を啜った。ご飯も味噌汁も、これが二杯目だった。ぼくが風邪で寝込んでいる三日間のうちに、耀子の食欲は驚くほど増していた。ぼくのぶんの鯵を譲っても、まだおかずが足りなくなりそうだと言う。昨夜の夕食はレトルトパックのカレーで、大ぶりのカレー皿に三杯も食べたらしい。

「ほら、納豆」

「ありがと。やっぱり圭さんのつくるご飯が一番おいしいよ」

耀子は三杯目のご飯を茶碗によそう。

「冬眠のほうはどうなんだ？」

「そろそろ二回目の鬱が来て、三回目で冬眠に突入かな。この食欲も、赤ちゃんがいるせいだけでもないみたいだし。ひょっとしたら、二回目でいきなり、かもしれないね。そうなったら七年ぶりだよ」

耀子はズルズルと音をたてて納豆をかけたご飯を啜りこむ。

ＳＡＤの患者の発症前の行動には大きな特徴がある。熊《くま》が冬眠前に手当たりしだいに食べ物を漁《あさ》るように、ＳＡＤの患者も、異常な食欲を示すのだ。特に好んで食べるのが、炭水化物。そのため、ＳＡＤは血糖値に関係あるのではないかという説を唱える学者もいる。また、ＳＡＤ患者の視床下部の異常は、神経細胞から神経細胞へと信号を送るセロトニン系の化学物質の不足にほかならず、食物中の炭水化物はセロトニン合成を促進するため、患者は本能的に炭水化物を欲するのだという学説もある。いずれにしても、耀子の食欲が増したというのは、冬眠の時期が近づいてきていることのなによりの証明だった。

三杯目のご飯もあっさりとなくなり、ようやく耀子は一息ついたように焙じ茶の入った湯飲みに手を伸ばした。

「圭さんは、赤ちゃんが生まれたら変わると思う？」

「俺が？」

「うん」

「……わかんないな。玲子が死んでも変わらなかったくらいだし」

「でも、絶対に変わるよ。そこにいた人がいなくなることより、そこにいなかった人がいるようになることのほうが、絶対に、ぜーったいに大きいと思うもん」

　そうだな、とぼくは顎をわずかに引いた。

「あたしはいま、それを十カ月かけてじわじわと実感してるわけでしょ。でも、圭さんの場合は、いきなりご対面になるわけじゃん。これはインパクトあるよね。昨日までいなかった赤ちゃんが、今日からはいるんだよ。すごいよね、ほんと、すごいよ」

　耀子は顔を上気させて、大きく何度もうなずいた。髪を切った耀子は、ほんとうに玲子によく似ている。

「意外とさ、圭さんは、赤ちゃんが生まれたらいまみたいにクールじゃいられなくなるかもね。バランスが取れなくなっちゃって、困っちゃうんじゃない？」

「そうかもな」

「ベッタベタのパパになりそうな気がするな。動物園連れてったり、デニーズ行ったり、一緒にお風呂入ったり……部屋中、赤ちゃんの写真だらけになっちゃうの」

　耀子はおかしそうに笑った。

13

事件は、翌朝になって知らされた。

〝って感じ〟が、苦り切った声で電話をかけてきた。

「とうとうやってくれましたよ、あのおっさん」

それが第一声だった。低い声。こうして話をすることだけでも腹立たしい、という感じだった。

「広島でまた喧嘩ですよ、喧嘩。三度目で、今度は完璧な暴行事件ですよ、あの野郎、とうとうやっちまいやがった」

ぼくは受話器を握り直し、火の点いていないハイライトをくわえて、〝って感じ〟の説明を待った。

「エージェントの桑山さんが全治一カ月で、カメラマンが全治二週間プラス機材の損害五十万円。殴った当人は無傷」メモを読み上げているのだろう、抑揚の乏しい声だった。「ま、損害額のほうはカメラマンが自分で言ってるだけですから、サバ読みって感じもあるんですけどね、フリーランスですからモメるとちょっとめんどうですよね」

「カメラマンって、いったいどういうこと?」

「いや……まあね、昨日の朝、ファクシミリ貰ったでしょ。動物園でオランウータンを見てたって。そういうのって、絵になるんですよね。前代未聞の日本デビューで彗星《すいせい》のごとく現れた謎のベストセラー作家、日本の秋の休日を動物園で過ごすって感じで。それで、ウチって写真週刊誌持ってますからね、朝イチでそこのデスクに話を振って、カメラマン広島に飛ばしたんですよ。そしたら、みごとに動物園に向かいましてね、カメラマンも追いかけてって、パチリと……。それがばれちゃったんですよ。だめなんだなあ、カメラマンがとろいんですよね。桑山さんなんていい迷惑ですよ。話は一切通してないのに、グルになってるって勘違いされて、いきなり顔面に右ストレートですからね。前歯が二本、ポキン。前歯って保険が効かないから高いんですよね」

〃って感じ〃は声に苛立ちをたたえたまま、悪びれた様子はなく、一息に喋った。

ぼくはくわえたままだったハイライトに火を点け、風邪の名残でささくれだった唇をそっと嘗《な》めた。

「怒ってるんでしょ?」〃って感じ〃は、ぼくの胸の奥を見透かしたように言った。「わかりますよ、言いたいことは」

「……でも、仕事だからな」

「そう。仕事なんです。マスコミを嫌がる作家の気持ちは、もちろん尊重したいですよ。でもね、経歴不詳のベストセラー作家の素顔を知りたいっていう読者の気持ちも、尊重しなくちゃいけない。給料が歩合制じゃないにしても、本を一冊でも多く売りたがってる会社の気持ちも、無視するわけにはいかないでしょうね」

「わかるよ」

「それに、これは誤解しないでほしいんですよ。ぼくは、スキャンダラスな面であのおっさんを取り上げようとしたんじゃないんです。むしろ、あんなゴツイ体と繊細な作品とのギャップ、そしてデビュー作がベストセラーになったサクセスストーリーと異国の動物園で寂しげにオランウータンの檻を見つめる素顔のギャップで、彼をよりいっそう魅力的に演出してあげたいんです。わかるでしょ？　顔を出すのが嫌なんだったら、後ろ姿だけでもよかったんです」

「すごく、よくわかるよ」

ぼくは一口吸っただけの煙草を灰皿に捨て、ぼろぼろのアーミージャケットを着てオランウータンと向き合う〝セイウチ〟の後ろ姿を思い出してみた。確かに、〝って感じ〟の言うとおり、イメージとしては決して悪くない。少なくとも、広島の原爆ドームでノー・モア・ヒロシマを誓う写真よりは、ずっとましだ。

「あなたは、やっぱり優秀な編集者だよ」

「皮肉言わないでくださいよ」

「本音さ」

「……ま、そんなことはどうだっていいんですけどね。どっちにしたって、フィルムは一枚もないんだから」

「それで、警察ざたには？」

「しませんよ。するわけないでしょ。桑山さんはそこらへんはちゃんとわかってる人ですし、カメラマンのほうにも週刊誌を通じて、それなりのフォローはします。もちろん、治療費その他はこっち持ちでね。『あなたについて』にかんしちゃ、この半年間ずっと部長に褒められっぱなしだったのに、初めて説教くらっちゃいましたよ。担当編集者の監督不行き届きって感じでね」

「彼は？」

「動物園で二人を殴ったあと、行方不明。ゆうべはホテルにも帰らなかったそうですし、リザーブしといた今朝の飛行機にも乗ってませんでした」

〝って感じ〟はそこで言葉を切り、短い間をおいて、「ひょっとしたら、お宅に来るかもしれませんね」と言った。ぼくの考えていたことと同じだった。

「もしも顔を出しやがったら、ぼくのほうに電話いただけませんか。午後から会議ですけど、すぐに連絡がつくようにしときますから」

「わかった。必ず、連絡する」

「心配しないでいいですよ。べつに、あのおっさんに慰謝料とかそういうのを払わせる気はないですから。ただ、あくまでも紳士的に、大人のビジネスとして、もう一度お願いしてみるだけですから」

「なにを？」

「彼をなんとかジャーナリズムの舞台に登場させたいんです。できれば、オランウータンを見つめてる写真でね。ぼく、昨日ファクシミリを貰ったときから、もう完全にその絵が浮かんでるんですよ。なんとか実現させたいんです。因果な性格って感じで、ぼく、自分がイメージしたものはなにがあっても現実にしたいタイプなんです。いままでもそれで頑張ってきて、結果として悪い方向に転がったものはひとつもないんです」

〝って感じ〟は力をこめて言い、少し間をおいてから「力を貸してくれますね」と念を押した。

「電話は絶対に入れるよ」

「お願いします。じゃあ、いまから羽田に桑山さんたちを迎えに行きますんで」

電話が切れたあと、ぼくは受話器を戻しながら「あなたはほんとうに優秀だよ」ともう一度つぶやいた。皮肉ではなく、本音だ。

朝食のあと、《昼過ぎに帰宅します》と英文で書いた紙を玄関のドアに貼りつけて、散歩に行くという耀子につきあって外に出た。

「だいじょうぶなの？　セイウチおじさんのことほっといて」

「かまやしないさ」

できれば訪ねてきてほしくなかった。〝セイウチ〟に会いたくないわけではない。けれど、〝セイウチ〟が来たら、ぼくは〝って感じ〟に電話をかける。〝って感じ〟は飛んでやってくる。そこからの展開に立ち会うのは、考えただけでもうんざりする。

「知らん顔してればいいじゃん」

「そういうわけにはいかないだろ。事情を聞いてないんならともかく、必ず連絡してくれって言われてるんだから」

「裏切ると翻訳家生命を断たれちゃう？」

「そんなもの、最初からないよ。ただ、頼まれたことをすっぽかすわけにはいかないんだよ」

「損な性格だね」

「わかってるよ、自分でも」

エレベーターホールまで来たところで、耀子は「ちょっと待ってて」と部屋に戻った。ドアの鍵を開けて中に入り、マジックペンを持って出てきて、貼り紙のメッセージの横に《すぐ帰るから、絶対待っててね》と走り書きした。

「日本語じゃわかんないぜ」

ぼくが言うと、耀子はむっとしたように言い返す。

「気持ちは伝わるわよ」

外はいい天気だった。最高気温は十月上旬なみに上がるだろうと朝の天気予報が告げたとおり、まだ午前十時を少しまわったところなのに、コートを着て日なたを歩くと背中が汗ばむくらいだ。

耀子は、通信販売で買ったばかりの底が平らなスリッポンを履いていた。前に屈むのがだんだん難しくなってきたので、履きやすい靴にしたのだ。マタニティのジャンパースカートもおろしたてで、いままでのものよりさらにゆったりとしたデザインになっている。

「いいお天気ですねえ。こういうのを小春日和《びより》っていうんですよお。あそこの丘に生えてるのはススキっていう草でねえ、ママはちっちゃい頃、玲子おばちゃんと一緒によく近所の河原まで取りにいったんですよお。あとねえ、あそこ見えるかなあ、道路の脇に薄ーい紫色の花がごちゃっと咲いてるでしょ。コスモスなんですよ。先月だったらもっときれいだったんだけど、ちょっと遅いかなあ……」

耀子はおなかに手を当てて、歌うようにつぶやきつづける。すれ違う人たちが不審そうな顔で見ても、まるで気にしない。

ぼくのコートのポケットには、段ボール製の小さな封筒が入っている。封筒の内側には薄い発泡スチロールが貼られ、中に入ったフロッピーディスクを衝撃から守っている。アンソロジーの原稿だった。速達で送ることにした。〝中年合唱団〟には連絡していない。声を聞くのもうんざりだった。

昨日の朝から今朝の明け方まで、ほとんど仕事部屋にこもりきりで過ごした。コーヒーを十何杯も飲み、ハイライトを三箱空にして、単行本一冊ぶんの電動泡立て機の取り扱い説明書に、新聞の三面記事程度の情緒と読みやすさを与えた。満足のいく出来とは思えなかったが、感情の出し方や伝え方が下手くそな男は代弁者にはなれないんだから、と最後には開き直った。

「圭さん、あそこにあるよ」耀子はコンビニエンスストアの先にあるポストを指さした。「ついでにコンビニで買い物していい？　おなか、ペッコペコなの」

気取ったイタリア料理店なら三人前くらいはとりそうな量だった。やはり、冬眠は近いのだろう。

燿子は三十分前にマヨネーズと醤油とカツオブシをまぶしたスパゲッティを食べていた。

「……まいったね、しかし」

「しょうがないじゃん、おなか空いてるんだから」

「朝飯、さっき食べたばかりじゃないか」

燿子はコンビニエンスストアに入り、ぼくはポストの前に立ち止まった。何度も塗り重ねられたのだろう、ポストの腹の赤はでこぼこになっていて、かなりリアルな男性器が黒いマジックインキで落書きされている。セックスから遠ざかって半年になるんだな、とふと思った。

コートのポケットから封筒を取り出し、宛て名や住所を確かめることなく、素早くポストに入れた。パサリという音とともに、封筒や葉書の山のてっぺんにぼくの封筒が載った。

すごいね、あんたは。

ポストに向けてつぶやいた。

誰かが誰かになにかを伝える郵便物を飲み込みつづけ、巡回する郵便局の収集係がやってくると吐き出していく。ポストは毎日毎日それを繰り返している。街じゅうの伝えたいことがこのポストに集められ、それぞれの目的地へ散っていく。けれど、ポストはなにも代弁してはいない。もちろん、演出も、だ。

できるなら、ぼくは、ポストのような存在でありたい。

14

丘の斜面を利用した公園に入り、ベンチに座った。南向きの斜面なので陽あたりは申しぶんなく、目を細めると、敷きつめられた芝生の少し上で陽炎《かげろう》がゆらゆらと立ちのぼっているのが見える。

コンビニエンスストアの袋から、ぼくは缶コーラ、耀子はポテトチップスと牛乳を取り出した。袋の中には、まだクッキーとロールパンとおにぎりとシリアルスナックとウーロン茶が残っている。

「なんだかピクニックみたいだね」耀子は嬉しそうに言った。「去年までは、こんなことしなかったもん」

「玲子は忙しかったし、俺は出無精だしな」

「そうだよ。圭さんも、家にばかり閉じこもらないほうがいいと思うよ。人間って、やっぱり外に出て太陽の光を浴びたり風に当たったりするのが自然なんだから。赤ちゃんだって、今日すごく元気だもん。絶対わかってるんだよ、ここは家の中じゃないって」

耀子は口いっぱいにポテトチップスを頬張って、おなかをいとおしそうに撫でた。

公園には、おだやかな小春日和に誘われて、近くの団地の親子が何組も遊びに来ていた。子供たちの歓声がひっきりなしに聞こえ、若い母親たちのおしゃべりの声が重なり合う。

「なんか、不思議な気分だよね」

耀子はポテトチップスの塩気がついた指先を嘗めながら言った。

「なにが?」とぼくはコーラの炭酸に顔をしかめて訊く。

「いままでってさ、あたし、子供の騒ぐ声って大嫌いだったのね。このガキども、なんであんなに大声出さなくちゃいけないんだ、って……。でも、いまは違うんだよね。なんて言ったらいいのかな、子供の声がすっごく気持ちいいの。あたしが気持ちいいのか、おなかの中の赤ちゃんが気持ちいいからあたしも気持ちよくなってるのか、わかんないんだけどね。ここで遊んでる子供たちも、みーんな、ママのおなかの中から出てきたって思うと、感動しちゃうよね」

「うん……」

「あのね、圭さん。おもしろいんだよ、テレビ観てて、子供が喋ったり歌ったりするじゃん。そしたら、おなかの赤ちゃんもピクピクッて動くの。わかってるのかなあ」

「わかってるのかもな」

「教えてるみたいだよね。ママ、あたしはここにいるよ、って。子供が、大人からすればバカみたいに大声出すじゃん。あれもさ、ひょっとしたら、体がちっちゃいぶん、ぼくはここだよ、っていうのを精一杯教えたいのかもしれないね。ぼくだよーぼくだよー、いま、ここにいるのは、このぼくなんだよー……ってさ。なんか、そんな気がしちゃうの。バカみたいだけどね」

　耀子が手に持っているのは、いつのまにかポテトチップスからロールパンにかわっていた。

　ぼくは丘の下のパンジー通りをぼんやりと見つめる。春になれば中央分離帯にパンジーの花が咲き誇るこの通りも、いまは、車の通行量が少ないせいもあって、やけに寒々しく見える。ワインレッドのステーションワゴンには、今日は会えそうもない。

「昔、ずっと思ってたの。女の体って、男に抱かれるためにつくられたんだなって。柔らかいおっぱいも、すべすべした肌も、くびれた腰も……ぜーんぶ、男に抱かれるとき男も女も一番気持ちよくなるようにつくられてるような気がしてたんだよね。でも、いまは違うの。女の体が一番気持ちいいときって、赤ちゃんがおなかの中にいるときだと思うんだよね」

「でも、産むときは痛いだろ」

「まあね。だけどさ、それくらいの痛さだったら、いまの気持ちよさには勝てないと思うの。この感覚って、圭さんには絶対にわかんないと思うよ」

「そりゃあ、俺、男だからな」

「違うって」

「は？」

「圭さんだから、わかんないのよ」

耀子はロールパンを頬張って、「だから」の部分の声を高くして言った。ぼくは首をひねり、まあいいや、とコーラを飲んだ。耀子もそこから話題を少しずらしていく。

「とにかく、赤ちゃんがおなかの中で元気に育ってるのが嬉しくってしかたないの」

「ああ」

「圭さんには迷惑なことかもしれないけどね」

「そんなことないさ」

「圭さんの子供じゃない可能性もあるんだよ」

「でも、おまえの子供だってことは確かだろ。俺と全然無関係ってわけじゃないからな」

「親子にならなくてもいいから、赤ちゃんの家族になってあげて」

「ああ、わかってる」

耀子は首をかしげるような格好で、ぼくの腕に肩と頭をもたれかからせた。

ありがとう。

息と声の交じりあった「ありがとう」をぼくは確かに聞いた。


しばらくそのままの姿勢でいた。パンジー通りをミニバイクが駆け抜けていく。右から左。上り坂なので小さなエンジンが喘《あえ》ぐ。ぼくは炭酸の抜けかけたコーラを啜った。力のない泡が歯にまとわりつき、舌でこそげ取ると甘みが広がる。

ミニバイクが視界から消えるのを待って、ぼくは言った。

「玲子、男がいたんだ」

耀子からの返事はなかったけれど、かまわず話をつづける。わざと、軽い口調で。

「最後の日もその男と会ってて、別れた直後に事故ったらしい。間抜けな話だよな、玲子も、俺も。べつにいまさら恨んだりはしてないけど、みごとに騙されてたんだよなあ。まったく気づかなかったんだから、俺が間抜けなのか玲子が賢かったのか……どっちだと思う?」

話しながら、自分でも嫌な言い方だと思った。だが、耀子はぼくの腕にもたれかかったまま、ほとんど感情の起伏は示さずに「両方なんじゃない?」と言った。

「……聞いてたのか」

「はっきりじゃないけど、薄々とはね、感じてた。去年の夏から。玲ちゃんはなにも言ってないよ。でも、わかるんだ、きょうだいだからね」

「俺は夫婦だけど、ちっともわからなかったよ」

「夫婦じゃ無理よ」

「そうかな」

「うん」

耀子の声が、腕を伝わって内側から耳に入り込む。くすぐったさとむずがゆさの狭間《はざま》のような感触にさらされながら、ぼくは顔をゆがめた。玲子が死んだことではなく、死ぬまで玲子のことをわかっていなかったのだということが、いま、じわじわと胸を締めつけていく。

「玲ちゃんは、圭さんのこと嫌いだったわけじゃないと思うよ。でも、圭さんは玲ちゃんがいなくてもやっていけるんだよね。バランスが取れてる人だから。そういうのって、やっぱり寂しいんだと思うんだよね、女の側からすると。玲ちゃんは誰かを好きになりたかったんだよ。誰かを好きになって、その好きになるっていうことで、誰かを救ったり変えたり励ましたり慰めたりしたかったんだよ。玲ちゃんは、それでバランスを取りたかったんじゃないかなあ」

「じゃあ、俺と離婚すればよかったじゃないか」

「違うよ。そういう問題じゃないんだもん」

「わからないよ、言ってる意味が」

「圭さんにはわかんないのよ。いろんなことが、圭さんみたいなバランスの取れてる人にはわかんないの。それがいけないとか、そういうんじゃなくて、圭さんはそういう人なの」

「……わかんないよ、なにも」

　耀子はそれ以上はもうなにも話さず、体の角度を元に戻した。体の重みが消えたぼくの腕を、少しひんやりとした風がかすっていった。

　パンジー通りの車の流れは途切れたままだった。陽射しの照り返しで妙に白っぽく見えるその道路に、ワインレッドのステーションワゴンを置いてみる。玲子がいる。こっちを見ている。けれど、ぼくには、玲子のことはなにもわからないのだ。一人きりで放り出されたような気がした。世界中で一人きりになっても、圭なら生きていける。玲子の言葉を思い出し、嘘だよそんなの、と心の中でつぶやいた。

　耀子はロールパンの袋をベンチに置いて立ち上がり、子供たちが引き揚げたあとのブランコに向かって歩いていった。六個入りのロールパンは、残り一個になっている。冬眠は、すぐ近くまで来ているのだろう。

ギイギイと軋んだ音をたてて、耀子を乗せたブランコが揺れる。目を細めて眺めると、耀子はほんとうに玲子に似ていた。

ぼくはコーラの缶を強く握りしめた。親指の当たるところが、わずかにへこむ。泣けそうな気がした。一度でいいから泣きたい、と思った。玲子のためではなく、ぼく自身のために、だ。

ぼくの視線に気づいた耀子は、鎖から片手を離して、軽く手を振った。「ここよ」と言っているようにも、「バイバイ」と言っているようにも見えた。

15

マンションに戻り、ドアの貼り紙をはがした。〝セイウチ〟が留守中に訪ねてきた様子はなかった。ぼくは少し落胆し、少し安心して、「お昼ご飯にしようよ」と言う耀子のためにキッチンに入る。

「フレンチトーストでいいか?」

「うん」

「パン、一斤で足りるかな」

「スープをつけてくれれば、なんとかなると思う」

「……なんとかなってくれよな」

ボウルに卵を割り入れて牛乳と混ぜ合わせ、砂糖を少し足し、四つに切った食パンをひたしていく。フライパンを熱してバターを落とし、インスタントのポタージュスープと、パウダーシナモンとパセリの微塵《みじん》切りの小瓶をストッカーから取り出した。テーブルにランチョンマットを敷いて皿とカップを準備したあたりでフライパンの温度が焼き頃になり、パンを静かに並べていく。

「さすがに慣れてるね」

テーブルについた耀子は、肩を不自然に揺すったりすくめたり広げたりしながら言った。

「どこか痛いのか？」

耀子は「ちょっとね」と上目遣いでぼくを見た。「そろそろ圭さんにも練習しといてもらったほうがいいかもね」

「なにを？」

「おっぱいがね、ピリピリッて張ってるの。お乳がたまってきてるんだよね。妊娠五カ月くらいになると、もう準備完了なのよ。乳首をギュッと押さえると、お乳が出てくる人もいるくらいなんだから。でね、こんなふうに……」セーターの上から胸を軽く揉《も》む。「おっぱいのマッサージ、絶対にやんなくちゃいけないのよ。先っぽも、押さえたりつまんだりして……。そうしないと赤ちゃんが生まれたあとにお乳がうまく出なくて困るのよ。あとで解説書を読んで、勉強して。冬眠したあとは、圭さんだけが頼りなんだから」

「……うん」

耀子は「鏡見ながらのほうがいいのかなあ」とひとりごちて、洗面所に向かった。

ぼくはその背中を眺めてため息をつき、料理のつづきにとりかかる。焼き上がったパンにパウダーシナモンをまぶして皿に移し、新しいパンをフライパンに載せ、粉末のポタージュスープをお湯で溶かし、パセリの微塵切りを散らす。

体はてきぱきと動く。だが、考えは公園にいたときと同じところを巡りつづける。リビングに入ってすぐ、玲子の仏壇を見つめた。玲子の笑顔を確かめたかった。カメラに向けられた彼女の笑顔は、どこまで深く、どこまでほんとうのものだったのか。答えは見つからなかった。見つかるわけがない。最初からわかっていた。できたてのカサブタの上から傷口をなぞるようなものだ。ぼくには、ここから先は自分にはわからないというラインをわかる才能だけがあるのだろう。そして、玲子は、もうラインの向こう側に行ってしまったのだ。

テーブルの真ん中にフレンチトーストを山盛りにした皿を置き、ポタージュスープとオレンジジュース、貝割れ菜とプチトマトのサラダを耀子のために、ミルクでいれた紅茶をぼくのために並べた。手際のよさが恨めしかったけれど、それが、ぼくだ。

「できたぞ」

洗面所に声をかけた。

そのときだった。

玄関のインターフォンが鳴らされ、応答する間もなく、鍵を掛け忘れていたドアが乱暴に開いた。

〈ケイ！　いるか？〉

コーヒーカップがソーサーから浮き上がるような胴間声《どうまごえ》とともに、〝セイウチ〟が部屋に入ってきた。

〝セイウチ〟の手土産は、鹿児島の芋焼酎のボトル半ダースだった。

広島で焼酎の本場を尋ね、すぐさま鹿児島まで飛び、昨夜は芋焼酎を豚骨《とんこつ》とキビナゴの刺身を肴にして浴びるように飲み、そこから東京に戻ってきたのだ。

「いま会議中なんです。終わったらすぐに駆けつけます。あと二時間、引き留めておいてください。できますか？」

〝って感じ〟は声をひそめ、早口で言った。

「だいじょうぶだよ」ぼくは言った。「一時間やそこらで腰を上げるような雰囲気じゃないから」

電話を切って、仕事部屋を出た。〝セイウチ〟の笑い声が、リビングから廊下にまで響いている。

〈なにやってたんだ、ケイ。早くこっちに来て飲もうじゃないか〉

〈お湯、沸かしますよ〉

〈お湯割りか？　そりゃあいい。カゴシマでもお湯割りで飲んでたな。なかなかマイルドな味になって、懐かしいにおいがするんだ。俺はストレートでいくけど、ケイはお湯割りにすればいい。それで……〉〝セイウチ〟はアーミージャケットのポケットからしなびたミカンのようなものを取り出して、ぼくに放った。〈忘れてたぜ、これも土産だ。キューシューじゃ、お湯割りにこれを少し入れるらしい。俺もずいぶん気に入ったんだが、えーと、なんていったかな……〉

〈カボスですね、これ〉

〈そうだそうだ、カボスってやつだ。これがまた旨いんだよ、なあ、ヨーコ〉

〝セイウチ〟は機嫌よく耀子に笑いかけた。英語などまったくわからないくせに、耀子もV

サインをつくって笑い返す。

〝って感じ〟に電話をしている間に、〝セイウチ〟は早くも焼酎をストレートで飲みはじめていた。肴は、パウダーシナモンをたっぷりまぶしたフレンチトースト。めちゃくちゃな味覚だ。しかも、一斤ぶんのフレンチトーストは、お湯が沸くまでにあらかたなくなってしまった。〝セイウチ〟と耀子が二人がかりで休む間もなく食べているのだから、当然といえば当然だった。

「耀子、もう食べ物はいいのか？」

お湯をポットに移しながら訊くと、耀子は「野沢菜があったでしょ。出してくれる？　あと、フリーザーのご飯を解凍して」と言う。「お漬物だったら、ご飯のおかずにもなるし、圭さんとセイウチおじさんの酒の肴にもなるでしょ」

「……お気遣い、どうもありがとう」

電子レンジで温めたご飯を耀子の前に置くと、〝セイウチ〟は小さな目を一杯に見開いて、〈おまえの胃袋はブラックホールみたいだな、ヨーコ〉と言った。

話題のほとんどは耀子の冬眠にかんすることだった。ぼく自身は話すつもりはなかったのだが、耀子が「ねえ、通訳してよ」とどんどん説明していったのだ。

〈オーライ、よくわかったよ。すごい話だ〉

〝セイウチ〟が最後に大きくうなずいたとき、もうボトルは二本目に入っていた。〈目覚めるのは来年の三月ですね〉

〈今年は、たぶん、今月の終わりには始まると思います〉ぼくは言った。〈目覚めるのは来年の三月ですね〉

〈冬を知らないっていうんだから、おもしろいな。ベルリンの壁が壊れたことも、テンノーのホウギョも、フセインのくそったれとブッシュのあんぽんたんの湾岸戦争も……全部、知らないんだよな〉

〈春になって目を覚ました彼女は、ぼくがファイルしておいた一冬ぶんの新聞を読むことから社会復帰を始めるんです〉

〈そりゃあいいことだぜ。ＣＮＮの勇み足報道にいちいち惑わされずにすむもんな〉

〝セイウチ〟は笑いながら野沢菜を口の中に放りこみ、塩辛さに一瞬むっとした顔になり、それを焼酎で洗い流すと、再び笑いだす。

〈『あなたについて』にもありましたよね、そんな一節が。《世の中に、いま知っておかなければならないものがあるだろうか。この広い世界の少なからぬ人達にとってはニュースペーパーは尻拭き紙以外になんの役目も持たない。いまなお大統領といえばハリー・Ｓ・トルーマンだと思い込んでいる人も、あなたの独自の調査によれば、少なくとも三人はいる。――

ぼけてしまったあなたの大伯母と、彼女が子守をしているあなたの二人のまた従姉妹《いとこ》である》とね〉

〈嬉しいじゃねえか、暗唱してくれるなんて〉

〈特に気に入った文章だったんです〉

〈ありがとう。嬉しいよ、ほんとに〉

〝セイウチ〟は、野沢菜をつまんだ指先を、アーミージャケットの襟になすりつけた。ジャケットの胸のあたりには、染みがいくつもついている。モスグリーンの生地と合わさって赤紫色になっているが、それが血の染みだということはすぐにわかった。エージェントやカメラマンの返り血を浴びたのだろう。

〈ヨーコ、冬眠から目覚めたとき、あんたは最初にどんなことを思う?〉

耀子は少し考えてから、ぽつりと言った。

「いるんだな、って思うね。目が覚めたとか元気だとか生きてるとかじゃなくて、ただ、ぼんやりと……あたし、いるんだな、って」

〝セイウチ〟はぼくが訳した言葉を聞いて、何度もうなずいた。

耀子は話をつづける。

「その次に、こんなふうに思うの。世の中はどんなふうに変わったんだろう。たとえば、あたし以外はいるのかな……あたしだけを残して他の人がみーんないなくなってたり、あたしの周りから一人だけいなくなってやしないだろうかってね。それが怖いっていうんじゃなくて、逆だね、もしも誰かがいなくなるんだったら、あたしが冬眠してる間にしてほしいもん。あたしの好きな人がいなくなったり、あたしの大切にしてたものがなくなったりしても、それが冬だったら、誰も恨まないよ。寝てたあたしが悪いんだって、寝なくちゃいけないあたしが悪いんだからって。それだったらあきらめつくかなって、マジに、そう思う。……うまく言えないんだけど、作家だったらわかるよね?」

〝セイウチ〟は脂ぎった鼻の頭を親指と人差し指でしごきながら、ふう、と息を継いだ。

〈……要するに、穴ぼこだな〉

「穴ぼこ?」

〈ああ、ヨーコには大きな穴ぼこが開いてるんだ。一年の四分の一のサイズのな〉

「……穴ぼこ、ねえ」

耀子は天井を見上げてつぶやいた。〝セイウチ〟の答えはぼくの予想どおりのものだったが、どうやら耀子はそれがあまり気に入ってはいないようだった。

「穴ぼこっていうのは、当たりすぎてて、なんか哀しいなあ」耀子のまなざしは、ぼくと〝セイウチ〟に均等に注がれていた。「自分でも、そういうのってわかるのよ。あたしは大きな穴ぼこ持ってるんだなって。大きいだけならいいけど、めちゃくちゃ深いんだよね、それ」

「訳そうか？」

「ううん。まだ、いい。あたし、さっきの話、嘘ついていたのかもしれない。やっぱりつらいよ、冬眠するのって」

「……うん」

「なにかが穴に落ちて、ポチャンでもドスンでもいいんだけど、落ちたってことがわかる音でも聞こえてくれたらいいのよ。そうすれば、とりあえず悲しめるじゃん。でも、あたしのって、そうじゃないんだよね。穴が深すぎて、落ちた音が聞こえないの。つらいのよ。後悔だとか悲しみだとかのきっかけが見つからないっていうか、始まりもなければ終わりもないっていうか、悲しむこともできないくらい深い悲しみっていうか……だから、あきらめるしかなくって、それがつらくって……」

言葉はしだいに重く澱《よど》んできた。耀子の顔は、ほんとうにつらそうだった。ぼくは〝セイウチ〟に向き直り、耀子の言葉を、その澱んでしまうニュアンスも含めて、なるべく正確に伝えた。はしょったり要領よく言い換えたりしたくはなかった。自分の話す声を聞きながら、ぼくは玲子が死んだ後のぼく自身のことを考えていた。

〝セイウチ〟は黙って、眉間に深い皺を寄せた。彼は、自殺した奥さんのことを考えたのかもしれない。

〈ヨーコ、とっておきのおまじないを教えてやろうか〉

〝セイウチ〟は眉間の皺を消すことなく言った。

「おまじない？」

耀子はつらそうな顔のままで聞き返す。

〈ガキの頃、おっ母さんが教えてくれたおまじないだ。取り返しのつかない後悔にさいなまれたり、どうしようもない悲しみに襲われたりしたときには、こうすればいいってな〉

〝セイウチ〟はそう言って、両目を二、三度、小刻みにしばたたいた。

「まばたき？」

〈ああ。四十回、まばたきをするんだ。それですべては解決さ〉

「四十回？　なんで？」

〈ケイ、おまえはわかるだろ？　説明してやってくれ〉

〝セイウチ〟はぼくを見て、にやりと笑った。ぼくも微笑みを返す。わかっている。四十回のまばたき。アメリカの口語英語で、うたた寝の意味だ。

ぼくが耀子におまじないの意味を伝える声にかぶせて、〝セイウチ〟はゆっくりとした、教え諭すような口調で付け加えた。

〈うたた寝すれば、目覚めたときには、たいがいの悲しみや後悔は多少なりとも薄れてくれるもんだ。一晩寝れば、パーフェクトだな。ってことは、なあヨーコ、悲しむことすらできないくらい深い悲しみだって、一冬ぐっすり眠れば春にはお釣りが来るんだぜ〉

耀子はなにも答えなかった。そのかわり、〝セイウチ〟がまたまばたきを繰り返すと、少し遅れて瞼のぶつかる音が聞こえそうなウインクを返して、笑う。

〈穴ぼこだよ、やっぱり。俺にはヨーコの穴ぼこがわかるつもりだ。お気に召さないかもしれないが、アーカンソー生まれの粗野な作家には、それくらいしか言葉の持ち合わせがないんでな。いいだろ？　ヨーコ〉

「悪くないね、うん、考えてみれば。さすがアーカンソー生まれの作家だよ」

耀子は嬉しそうに、音をたてずに拍手を送った。〝セイウチ〟も、〈アーカンソーの意味がわかっていないようだな、このお嬢さんは〉と凄みを効かせた声色をつくりながら、顔は満足そうに笑っている。

〈なあ、ケイ。穴ぼこを抱えた人間ってのは、いいな。どうしてなんだろう。なにかが欠けてる人間ってのは、どうしてこんなに哀しくて、こんなに美しくて、こんなに素晴らしいんだろう……〉

ぼくがその言葉を日本語に直して伝えると、耀子はいたずらっぽい笑みを浮かべて言った。

「圭さんも穴ぼこが欲しいと思ってるんじゃない?」

ぼくは「よけいなお世話だ」と耀子に小声で言ってから、耀子の言葉を〈ぼくには穴ぼこがないようだ、と彼女は言ってます〉とニュアンスを変えて〝セイウチ〟に伝えた。

すると、〝セイウチ〟は即座に首を横に振った。

〈違うぜ、それは。ケイにだって、穴ぼこはある。かけがえのない人間を失ってしまったんだからな〉

〈……自分ではよくわかりませんけど〉

〈さぞかし漆喰塗《しっくいぬ》りが上手いんだろうよ。でもな、穴ぼこはちゃんとあるんだ。それに気づいているかいないかの違いだけでな。おまえの女房にもあっただろうし、俺の女房にもあった。ヨーコには大きいのが開いてるし……もちろん、俺にだってある。ちゃんとある。五年前にそれに気づいたんだ〉

テーブルに頬づえをついた〝セイウチ〟は、視線を遠くに投げ出していた。ブルーの瞳は、角度によってうっすらとグレイがかって見える。ぼくはあいまいにうなずいて〝セイウチ〟を見つめ、〝セイウチ〟は目を動かすことなく話をつづけた。

〈暇なときには、穴ぼこの縁をふらふら歩いてるんだ。ショーチューかバーボン片手にな。

足を踏み外したらおしまいだなって思うと、なんだか無性に、自分がいまここにいるってことがいとおしく思えてくるんだ〉

〝セイウチ〟は顎を支えていないほうの手で軽く握り拳をつくり、テーブルを、ゆったりとしたリズムで叩きはじめた。〝セイウチ〟が見ているのは仏壇だということに、気づいた。

〈ヨーコは、いま、ここにいる。俺もおまえも、ここにいる。素晴らしいことじゃねえか。いる奴は、なにがあってもいない奴に勝るんだ。穴ぼこの縁すれすれを歩きながらここにいる奴もいるし、小さな穴ぼこを知らずに跨いでる奴もいるし、穴ぼこのまわりに手回しよくフェンスを張り巡らせてる奴もいるだろうけどな。とにかく、いるんだよ、ここに。俺たちは、いるんだ。おまけに、ちきしょうめ、ヨーコの腹の中には赤ん坊までいるんだぞ！　なんて素晴らしいんだ！　言葉を持たず、おっ母さんの腹の中から出られるほどの体も持たず、ただ黙ってここにいるんだ！　代弁者なんていらない！　いるものか！〉

〝セイウチ〟の口調は徐々に熱気を帯びていき、握り拳がテーブルを叩く間隔が狭まり、しまいには叩くごとに野沢菜の皿が浮き上がりそうになった。

「おじさん怒ってるの？」と耀子が小声で訊いてくる。

ぼくは首を横に振り、「感動してるんだよ、たぶん」と答えた。

ぼくは何度もグラスに焼酎とお湯を注ぎ足し、カボスを絞り入れた。時計を見ると、いつ玄関のチャイムが鳴らされてもおかしくない頃だった。急がなければ……そう思いかけて、いったいなにを急ぐんだよと苦笑いをこぼした。

〃セイウチ〃と話しておかなければならないことなど、なにもない。訊かれれば答えるつもりだった。これまでのことも、これからのことも。だが、〃セイウチ〃はなにも尋ねてはこなかった。建前の言葉を無理に引き出すほど悪趣味ではないのだろう。ぼくも、オランウータンがいかに魅力的な動物であるかを力説する〃セイウチ〃の通訳に徹し、自分から話題をつくることはなかった。

けれど、こうして耀子と〃セイウチ〃と三人でいる気分は悪くない。好奇心だとか共通の話題だとかのレベルを超えて、いまが心地よい。

〈なんていうか、不思議な顔合わせですね〉

ぼくは焼酎の酔いがじわじわと回りはじめるのを感じながら〃セイウチ〃に英語で、つづいて耀子にも同じ言葉を日本語で言った。

すると、〈そうかい?〉と〃セイウチ〃は意外そうに聞き返し、「どこが不思議なの?」と耀子は首をかしげる。

〈だって……少なくとも、ぼくは不思議ですよ。あなたと話をするのは二回目なのに、なんだかずっと昔からつきあってきたような気分がするんです。だから、おそらく、なにも話をしなくてもいいような気さえするんです〉ぼくはまず英語で〝セイウチ〟に言い、次に日本語で耀子に答えた。「いままでもこの三人でこうやって会ってたような気がしちゃうんだよ」

なるほど。耀子と〝セイウチ〟は、ほぼ同時にうなずいた。

そして、二人は、これもほとんど同じタイミングで口を開いた。

〈正反対の性格だからいいんだよ、俺とケイは〉と〝セイウチ〟。

「類は友を呼ぶってやつなんじゃない？　圭さんとセイウチおじさんって」と耀子。

どう反応していいかわからなかった。少し不自然な間があき、お互いの言葉を訳して伝えたほうがいいのだろうかと、〝セイウチ〟と耀子にかわるがわる目をやったときだった。

玄関のチャイムが鳴った。いつもより甲高く聞こえた。

「圭さん……」

耀子がぼくを見る。

「さっき電話したんだ」ぼくは立ち上がった。「損な性格なんだよ」

三本目の焼酎の封を開けていた〝セイウチ〟は、すべてを承知しているように、大きくゆっくりとうなずいた。

〝って感じ〟は、マンションの前にハイヤーを待たせてあるのだと言った。中年の女性の通訳を一人連れてきていた。ダイニングテーブルに並ぶボトルを見て、一瞬あきれ、すぐに皮肉めかした笑みを浮かべる。

「……昼間から、ご機嫌ですね」

「鹿児島に寄ったらしいよ。これが手土産だった」

「残り三本は怪我人の見舞いにしてもらいたいって感じですけどね」

〝って感じ〟は頬から下には薄笑いを浮かべ、〝セイウチ〟ではなくぼくに尖《とが》った視線をぶつけた。だが、ぼくが正面からそれを受け止めると、すっと目をそらす。

「冗談ですよ、冗談。それより、あまり時間はとれないんです。ちょっと彼にビジネスの話をさせてください」

「ビジネス」という単語が出たときに、〝セイウチ〟の眉がぴくりと動いたが、反応はそれだけだった。

通訳は初対面の簡単な挨拶のあと、手際よく、丁寧な語彙を選んで、〝って感じ〟の要求を話していった。

昨日の広島での一件は不問にしたい。だが、こちらの気持ちも汲んでいただきたい。これまでにも何度も言ってきたことだが、こちらにはあなたを貶《おとし》めたりイメージを変えてしまおうというような気持ちは一切ない。場所もアングルも、もちろん文章についてもあなたの気に入るとおりにしたい。いかがだろうか。貸しをつくるわけではないが、あなたに暴力をふるわれたエージェントの社員とカメラマンの怪我を、われわれは無駄にしたくないのだ……。

〝セイウチ〟は途中で口を挟むことなく、テーブルに置いた焼酎のグラスをじっと見つめて話を聞いていた。耀子はダイニングとキッチンを隔てるアコーディオンドアの前に立って、ぼくを恨めしそうににらんでいる。ぼくは耀子の視線から逃げて〝って感じ〟に目をやり、〝って感じ〟はそんなぼくの視線を避けてシステム手帳のアドレスページをめくる。

通訳の言葉が終わると、〝セイウチ〟は〈わかった〉と答え、ぼくに向き直った。〈ケイ。日本人というのは、ほんとうに勤勉なんだな〉

〈……彼らの立場も理解してやってください〉

〈わかってる。おまえ、さっき俺の小説を暗唱してくれたな。じゃあ、これは憶えてるか。チャプター121の書き出しの文章だ〉

〈すみません、ちょっと……〉

〈しょうがないな。いい文章なんだぜ。えーと……《本質的には、世の中に嫌な奴なんて誰もいない。自分と異なる価値観や行動パターンや見解を持っている奴がいるだけだ。あなたは、彼らを便宜上、嫌な奴だと呼んでいるだけなのである》だったかな〉

〈ああ、それなら憶えています。そのつづきのフレーズもね〉

〈そうだ、そこからが重要なんだ〉

〃セイウチ〃は満足そうに笑った。〃って感じ〃と通訳は、きょとんとした顔でぼくと〃セイウチ〃を見比べている。

〈とにかく〉〃セイウチ〃は〃って感じ〃に言った。〈俺を記事に出したいわけなんだな〉

通訳からその言葉を聞かされた〃って感じ〃は、弾かれたように頭をペコペコと下げた。

〈どこで撮影するつもりなんだ?〉

「あのー、もしよろしければ、動物園なんかがいいんじゃないかと思うんですが……」

〈動物園?〉

「一番お気に入りの場所だとうかがいましたので……」

〈動物園なら、お断りだ〉

「は?」

〈嫌いなことをやるのに、なぜ自分の好きな場所に行かなきゃならないんだ。それくらい考えろ、バカ野郎〉

もちろん、通訳は真正直に訳しはしない。「仕事と趣味は分けて考えたい、とおっしゃっています」と〃って感じ〃に伝え、ぼくと目が合うと決まり悪そうに目を伏せる。彼女は優秀な代弁者だ。

「ってことは、これを仕事だと認識してもらってるって感じなんですね」と〝って感じ〟は少し明るい表情になり、「じゃあ、場所はどこでもけっこうですから」と言った。

〈とりあえずここを出よう。招かれざる客が多すぎると、妊婦の体にさわる〉

「わかりました。下に車を待たせてますので」

〈これを一杯、飲ませてくれ〉

「どうぞどうぞ」

〝って感じ〟はシステム手帳を閉じて、勝ち誇ったようにぼくを見た。あなたはほんとうに優秀だよ、とぼくは苦笑いをこぼす。

「じゃあ、すみません、ちょっとぼくも一服って感じで……」

〝って感じ〟はキャメルの箱をポケットから取り出した。

次の瞬間、〝セイウチ〟の太い腕が素早く動き、キャメルを〝って感じ〟の手からはたき落とした。

〈妊婦がいるんだ！　少しは考えろ！〉

通訳が訳す前から〝って感じ〟は真っ青な顔で「ソーリー！」を繰り返し、〝セイウチ〟が怒った理由を知らされるとぼくと耀子に向き直って、ごく儀礼的に詫びた。「よくあることだよ」とぼくは言い、「常識と思いやりのない人にはね」と耀子は言った。

〝セイウチ〟はグラスに残っていた焼酎を一息に飲み干して、立ち上がった。

〈ケイ、世話になったな。アメリカに来ることがあったら遊びに寄ってくれ。たいしたもてなしはできないが、プレスリーの海賊盤なら三十枚ばかりコレクションしてるんだ。それを聴きながら酒を飲もう〉

〈ショーチューを手土産に持っていきますよ〉

〈ありがたいな。カボスも忘れないでくれ〉

〈もちろん〉

ぼくたちは握手を交わし、どちらからともなく笑い合った。

〈ヨーコ、春が来れば、あんたは可愛いベビーのママになってるんだな〉

「赤ちゃんの写真、送るね」

〈楽しみにしてるよ。目が覚めたときに誰かがいなくなってもいいが、いままでいなかった誰かが増えてるってのは、もっといいだろう。あんたの穴ぼこは、なにかをあんたから奪っていくだけじゃないってことさ〉

「うん……そうだね……うん」

耀子は目を潤ませていた。

〈つらいことがあったら、まばたきを四十回だ。いいな〉

「……うん、ありがとう」

〈ヨーコ、最後に頼みがあるんだ。きいてもらえるかな〉

「……うん」

〈あんたのおなかをさわってもいいかな。赤ん坊が、そこにいるってことを確かめたいんだ〉

耀子はちょっと戸惑ったが、おなかを両手で撫でながら「プリーズ」と言った。

〝セイウチ〟は耀子の前に膝をつき、掌をジーンズの尻で拭いてから、おずおずと手を伸ばした。耀子のおなかのふくらみをなぞるように、肉厚の掌が添えられる。〝セイウチ〟は目を閉じて、すべての神経を掌に集中させているようだった。

あ、と耀子は小さく叫んだ。

〝セイウチ〟は目を開けて、耀子を見上げた。

〈いま、動いたな〉

「うん……」

耀子の頰を伝った涙が、〝セイウチ〟の広いおでこにこぼれ落ちた。〝セイウチ〟は余韻を味わうように、掌をおなかに添えたまま、また目を閉じる。

〈息子ができたときも、こういうふうに、女房の腹をさわったんだ。バカでも間抜けでも極悪人でもいい、とにかく元気で出てこいってな。三十年前のことだ。俺も、ちょうど三十歳だったよ。ケイはいくつになる？〉

〈二十九……十二月に三十歳になります〉

〈そうか。いい年齢だ〉

〝セイウチ〟は目を開けた。うっすらと涙がにじんでいた。あくびのときの涙くらいの、ささやかな湿り気だ。

〈日本にはカンレキっていう考え方があるらしいな。六十歳になったら赤ん坊に戻るっていう……。あれはいい。俺みたいな人間も、なにか、もう一度やり直せそうな気にしてくれる。いろんなことを、全部、な〉〝セイウチ〟はそう言って、立ち上がった。〈ちょっと、ヨーコ、耳を塞いどいてくれ。ケイも、そこの勤勉な日本人のお二人さんもな〉

〝セイウチ〟は息をひとつ大きく吸い込んだ。

そして。

窓ガラスが震えるほどの大声で、吠《ほ》えた。

両足を踏ん張り、禿げあがった頭を真っ赤にして、こめかみに血管を浮き上がらせ、鼻髭をぶるぶる震わせて、胸の中の息をすっかり吐き出すまで吠えつづけた。

ぼくは耳を塞がなかった。北極の、鉛色の海と空に吠える、一頭きりのセイウチの姿を思い浮かべた。ものの哀しげな咆哮《ほうこう》だった。動物園で見たオランウータンの憂鬱そうな顔も浮かぶ。ぼくはたぶん、セイウチよりもオランウータンに似ている。

三十秒近くかかってようやく咆哮がやんだとき、中空の一点を凝視する〝セイウチ〟の目からは、大粒の涙が流れ落ちていた。文字どおり、涙を振り絞ったのだ。

〈どうもいかんな。泣くのなんて、半世紀ぶりだからな〉〝セイウチ〟は怒ったように笑い、アーミージャケットの袖で涙を拭った。〈九歳の頃、かわいがってた犬が死んだんだ。そのときには、もっとうまく泣けたはずなんだが……。泣くのだけは、苦手なんだ。ずいぶん下手くそな泣き方だっただろう〉

ぼくは親指を立てた握り拳を突き出して、笑い返した。

〈怒るのに比べると不器用でした。でも、とても誠実でしたよ〉

〈ありがとう。嬉しいぜ〉〝セイウチ〟は鼻を啜りあげ、ぼくの親指を、それよりずっと太い人差し指で弾いた。〈また会おうぜ。あばよ〉

〝セイウチ〟たちが出ていったあと、ぼくは本格的に焼酎を飲みはじめた。残りの三本のボトルを飲みつくしてしまいたかった。

耀子は自分の部屋に入り、雨垂れのようなテンポでピアノを弾いた。ジョン・レノンの『イマジン』だった。

〝セイウチ〟の小説のチャプター121の文章は、こんなふうにつづいている。接続詞は《しかし》だ。

《しかし……この世の中には、嫌な奴があまりにも多すぎる！》

16

〝セイウチ〟は、その後、連絡をよこすことなく帰国した。グラビアの撮影は無事終わったと、〝セイウチ〟を空港まで見送った〝って感じ〟が事務的な口調で電話をかけてきた。「お疲れさまでした」とぼくも事務的に答えた。

それからの一週間は、アンソロジーの翻訳の最終的な手直しに追われた。ある程度予想していたことなのだが、〝中年合唱団〟からフロッピーが宅配便でつき返されてきたのだ。

手紙が添えられていた。

《官公庁の出す文書も、最近は親しみやすさ、要するに読みやすさを第一に考えてるそうです。せめて、それには負けないようなレベルにしていきましょう》

太字の万年筆で一文字一文字丁寧に書かれた筆圧の強い文字からは、〝中年合唱団〟ご自慢の低音の声が聞こえてきそうだった。

手紙には、追伸という形で、こんな文章もあった。

《例の雑誌、拝見しました。ずいぶん悪趣味ですね。まさか君の仕切りではないでしょうが——仕掛け人の見当はつきます。業界内での、あまりよくない評判もね——、話題にさえすればいいという考え方は、正直、小生にはわかりかねます》

例の雑誌というのは、〝セイウチ〟の来日記事が掲載された写真週刊誌のことだ。副都心の超高層ビルの群れを見上げる〝セイウチ〟と、お茶屋で芸者に囲まれてやにさがっている〝セイウチ〟。確かに悪趣味ではある。だが、〝中年合唱団〟は事実誤認をしている。撮影のシチュエーションやアングルを指定したのは〝セイウチ〟本人だった。嫌いなことは嫌いな場所でやるにかぎる。〝セイウチ〟は、自分の言葉をきちんと実行に移したのだ。

仕事が一段落つくたびに、ぼくはリビングのソファーに座り、玲子の仏壇を見つめる。〝セイウチ〟の言うように、ぼくにもきっと穴ぼこはあるのだろう。巧みに漆喰で塗り固められたそれを見つけられたら、ぼくはきちんと玲子を弔うことができて、生まれてくる耀子の赤ん坊の家族になれるような気がする。

壁のドローイングに視線を移し、目の焦点をわざとぼやけさせると、眉間のあたりでいくつもの色が溶け合い、弾きあって、軽い目眩がする。そのたびに玲子のことを思い出す。

玲子には近視と軽い乱視があり、いつもコンタクトレンズをつけていた。ひょっとしたら、玲子はコンタクトレンズをはずして世の中を眺めたかったのかもしれない。実際にコンタクトレンズをつけてはいなかったことも多かったのかもしれない。ぼくはそれに気づかず、玲子はぼくと同じ風景を見つめているのだと思い込んでいたのかもしれない。輪郭のぼやけたぼくは、そうでないぼくより、ちょっとは人間くさく見えただろうか。

目の焦点を急に元に戻すと、目眩は頭痛に変わる。つまらない仮定だと苦笑いをこぼすと、瞼の裏側がひりひりする。

耀子は自分の部屋に閉じこもることが増えた。それに歩調を合わせて口数と笑顔は減っていく。冬は近い。

次の春が訪れて、耀子が冬眠から目覚めたときに、ぼくはどんな顔をして、どんな言葉を彼女に送るだろうか。自信はない。けれど、あきらめてはいない。

〝セイウチ〟が帰国した十日後。

朝から冷たい雨が降りつづいた月曜日の、夕方といってもいい午後の遅い時間だった。

仕事部屋でワープロに向かっていると、ドアが小さくノックされ、耀子が入ってきた。肩を落とし、うなだれて、自分の部屋からここまで来るだけでぐったりと疲れてしまったような感じだった。

「どうした？　腹、減っちゃったのか？」

耀子は黙って、力なくかぶりを振った。ドアのノブを片手で握り、その支えがなければいまにも倒れそうに見えた。

「具合悪いのか？」

「……力、入んないの。頭がぼおっとしちゃって、もやもやもやもやもやしてるの……」

まさか、とぼくは椅子から腰を浮かせた。

「耀子、今日が何日かわかるか？」

返事はない。「今日は何曜日だ？」と訊いても同じだった。

「きついだろうけど、口、動かしてくれ。いいか、さっき、昼飯になにを食べたか思い出してくれ」

だめだった。耀子はぼくが質問するたびにつらくてたまらない顔になり、首を横に振りつづける。鬱の波。それも、このまま一気に冬眠にまで連れ去ってしまう大きな波が耀子を飲み込もうとしているのだ。

ぼくは、できるだけ自然な笑みを浮かべながら耀子に歩み寄り、肩を抱いた。

「さ、ちょっと寝よう。ぐっすり寝て、楽しい夢をいっぱい見ればいいよ。な？　今日は天気も悪いし、起きててもつまんないもんな。よーし、そうそう、右足、左足、そうだ、右、左、いっちに、いっちに……」

声を裏返して耀子の歩みを助ける。今年もまた長い冬が来るのかと心の中でつぶやきながら、「もう、嫌だ」と立ち止まろうとする耀子を励まし、なだめて、なんとかベッドまで連れていった。

「寒くないか？　あとでシチュー作るから、たっぷり食べような。耀子、牛タン好きだもんな。新鮮なの買ってきて、グツグツ煮込んで……旨そうだろ？　それを楽しみにしてさ、ちょっと寝ようよ」

耀子をベッドに寝かせて、毛布と掛け布団を整えた。去年までならこれですぐに寝入ってしまうはずだったが、耀子はいやいやをするように首をよじり、苦しそうに瞼を少しだけ上げた。

「……圭さん」

「どうした？　ほら、ゆっくり眠りなよ」

「……赤ちゃんが、動くの。赤ちゃんが起きてるから……あたし、眠れない……コーヒー、いれて……苦いのいれて……あたし、まだ冬眠したくない……」

耀子は、くっつきそうになる瞼を嗄《しわが》れたうめき声とともにこじ開ける。悔しそうに、苦しそうに、肩で息を継ぐ。

「よーし、わかった」ぼくは明るい声で言った。「めちゃくちゃ旨いコーヒーいれてきてやるからな。ちょっと待ってろよ」

キッチンに駆け込み、ストッカーから粉末のエスプレッソコーヒーを取り出した。コーヒーが妊婦の体によくないことも、鬱の波はカフェインでは押しとどめられないこともわかってはいたけれど、望みはできるかぎり聞き入れてやること、いったん約束したら決して破らないこと、それが発症したSAD患者に接する基本姿勢だ。大切なのは信頼関係なのだ。ぼくは標準の三分の二の量のコーヒーをカップに入れ、少し考えてから残り三分の一を足して、お湯で溶いた。

だが、部屋に戻ると、耀子はすでに眠っていた。それまでの苦悶《くもん》の表情は消え、寝顔にはかすかな笑みさえ浮かんでいた。

十一月十八日、午後四時。

通算十四回目の冬眠の、それが始まりだった。

掛け布団の厚みに紛れていても、やはり、耀子のおなかは大きくふくらんでいる。その中で、まだ体長三十センチ足らずの赤ん坊が背中を丸めて漂っているのだ。

ぼくは耀子の飲めなかったコーヒーを、かわりにゆっくりと時間をかけて飲み干した。エアコンを点けたせいで白く曇った窓にブラインドを降ろし、雨の降りつづく音に明日以降の天気の悪さを予想し、主《あるじ》のいないベビーベッドに向けてため息をつく。

リビングに戻り、コードレスの受話器を取り上げた。短縮番号のボタンに手を伸ばしかけたところで、ふと、あたりまえのことに気づいた。

玲子はもういない。耀子が冬眠に入ったことを知らせなければならない相手は、もうこの世にはいないのだ。

「しっかりしろよなあ」

ぼくはわざと声に出してつぶやき、頭を軽く叩いた。

長い冬はまだ始まったばかりなんだぜ、とこれは心の中だけでつぶやく。

手に持った受話器をちらりと見て、軽く咳払いをして、短縮番号の《1》を押した。

玲子の勤めていた広告代理店にラインが繋がる。

確かに、長い冬はまだ始まったばかりだ。

だから、ぼくには、やらなければならないことがある。

17

十日が過ぎた。耀子は、一日二十四時間のうち二十二時間を眠ってすごし、残り二時間で食事をとり、風呂に入り、トイレへ行き、ベッドで上体だけ起こして窓の外を眺める。時間の配分は、いつもの冬眠と変わらない。去年に比べれば食欲はかなりあったが、しかし十二月になればそれも落ちてくるだろう。

いままでの冬眠との一番の違いは、起きているときの意識だった。いつもなら話しかけてもろくに返事もせず、黙り込んでいたかと思うと不意にポロポロと涙をこぼす。頭を抱え込んでテレビやステレオの音を消してくれと言い、言うとおりにしてやると今度は耳鳴りがするから音を出してくれと半べそをかく。要するに、目が覚めてはいても頭の中は深い鬱の渦に飲み込まれたままなのだ。

ところが、今年の耀子は、ほんの短い時間を精一杯充実させようとするみたいにてきぱきと動く。行動の大部分はおなかの赤ん坊にかんすることだ。目覚めるとすぐにシャワーを浴びて、乳房のマッサージをして、雑誌に載っていた安産体操をやり、マタニティウェアを通信販売で申し込む。それだけを見ていると、とても冬眠中とは思えないほどだ。

ただし、口をきくことはほとんどないし、翌日になると記憶は一切失われている。母親になるという本能だけで手足を動かしているのかもしれない。

ぼくは毎日の新聞をファイルし、朝昼晩に脈拍と体温を測り、チェックシートにその数値を記入する。シートの日付は、出産予定日の三月二十一日まで。できればその前に冬眠から覚めてほしいと思う一方で、〝セイウチ〟が言うように目覚めたときに隣に赤ちゃんがいるというのも悪くないかなとも思う。


冬眠に入ってから二週間目。大学病院の担当医から紹介してもらった産婦人科の医師が、定期検診のかわりに往診に訪れた。まだ医大を出たばかりのような若い男の医師だった。

耀子は眠っていた。医師は寝室で触診と腹囲や子宮底の測定を終えてからリビングに戻り、コピーをとったチェックシートをざっと眺めていった。

「私は精神医学が専門じゃないので、あくまでも産婦人科としての観点からしか妊婦さんを診られないんですが、脈拍、体温とも正常ですね。発症前のデータと比較してみないとなんとも言えませんけど、順調ではあります。母体の心拍数や消化機能が正常なら、胎児に酸素を送り込めますから」

医師はシートをバインダー式のクリアファイルにしまい、「助かりますよ。こういうふうにきちんとデータをとっておいてもらえると」と笑った。ぼくは、確かに看病には誰よりも向いている男なのだろう。

「ただ、医者としては少しでも早い時期の入院をお勧めしますがね」

「わかってます」

最後までこの部屋で、ぼくがめんどうを見ることはできない。いつかは病院の手にすべてを委《ゆだ》ねなければならない。それが少しでも早いほうがいいということは、誰に言われるまでもなく、ぼくが一番よくわかっている。

だが、ぼくは、ぎりぎりまで耀子と、耀子のおなかの中の赤ん坊と一緒に過ごしたかった。二人のためではなく、ぼく自身のためにだ。親子や夫婦やきょうだいではない、家族として二人を迎えることができるのかどうか、その気持ちが固まるまで、いや、その気持ちを固めるために、ぼくは一緒にいたい。

「手に余るようでしたら、いつでもおっしゃってください。年内なら、まだベッドにも多少の余裕がありますから」

医師は帰り際にも言った。親切からなのか、医師としての責任感からなのか、それとも重度のSAD患者の発症中の出産という臨床例が欲しいためなのか、ぼくには判断がつかなかった。

仕事の量はずいぶん減った。こまごました雑誌記事の翻訳はいままでと変わらないペースだったが、〝セイウチ〟の帰国と前後して、エッセイの注文がぱったりと途絶えた。〝って感じ〟がエッセイ集出版をあきらめたのか、ぼくのエッセイがひどい代物であることが雑誌業界に知れ渡ったのか、おそらく両方だろう。小説の翻訳のほうもアンソロジーの仕事が終わるとすっかり暇になってしまった。

また、元の売れない翻訳家に舞い戻ったというわけだ。

十一月の終わりから十二月の頭にかけて、寒い日がつづいた。天気もよくない。朝のうちは晴れていても、昼までに広がった雲は夕方には重く垂れ込めて、日暮れを待たずに街に明かりが灯る。

耀子の冬眠も日を追うごとに深まっていく。目覚める時間は細切れになり、合計しても一時間程度になった。時間だけでなく、意識が途切れがちになってきた。牛乳を温めようと電子レンジに入れるのはいいのだが、通電される一、二分の間にそれを忘れてしまう。朝刊を読んでいても、文章を頭に入れていくことができずに同じ記事を何度も読み返し、最後は癇《かん》癪《しゃく》を起こしてビリビリに引き裂いてしまう。風呂に入ったままなかなか出てこないので心配して声をかけてみると、リンスのボトルを持ったまま、シャンプーがすんだかどうかわからなくなったのだと答える。乳房のマッサージをするために洗面所へ行き、歯を磨いて戻ってきたりする。そんなことの繰り返しだった。

「なにか用があったら、必ず俺に言ってくれよな」ぼくは、懸命ににこやかな笑みをたたえて言う。「それと、あんまり落ち込まずに、赤ちゃんのためにも元気でがんばろうぜ」

「赤ちゃん」という言葉が出てくると、耀子は、まるで条件反射みたいにおなかを両手でそっと抱きかかえる。

「元気に動いてるか？」

「うん。しっかり蹴ってる。圭さんも、さわってみればいいのに」

耀子はにっこりと笑う。赤ん坊にかんする話をするときだけ、耀子は秋までの彼女に戻る。ぼくは「畏《おそ》れ多くてさわれないよ」と笑い返しながら、耀子のその笑顔が消えたときからがほんとうの勝負だな、と心の中でつぶやいていた。

いまはまだ、耀子は目を覚ましているときには自分の意志で体を動かせる。だが、いずれ、たぶん十二月中に、耀子は体を動かす気力すら失ってしまうだろう。去年までは玲子がいた。今年はぼく一人だ。耀子を風呂に入れ、トイレに連れていって、乳房のマッサージまで、ぼくは一人でやらなければならないのだ。

そして、その日は、ぼくの予想よりもだいぶ早くやってきた。

十二月十日。

耀子は、目を覚ましてもベッドから起き上がろうとはしなかった。

「どうした？　朝ご飯、冷めちゃうぜ。さあ、元気出して起きよう」

ぼくはベッドの縁に膝をつき、目の高さを耀子と同じくらいにして声をかけた。

いつもなら顔をぼくのほうに向けて「……うん」と答える耀子だったが、その日はなんの反応も見せなかった。天井に目を向けたまま、何度声をかけても息遣いのテンポすら変えない。

身を前に乗り出して、耳元で大きな声で名前を呼んでも、耀子の表情は変わらない。眉ひとつ動かさない。耀子は、ベッドに横たわったままの抜け殻になってしまったのだ。

ぼくはため息をついて、のろのろと立ち上がった。覚悟はしていたんだからな、と自分を納得させた。

少し熱めのお湯を浴槽に満たす。耀子のためにバスタオルと下着とパジャマを準備し、服を脱いでシャツ一枚になり、ジーンズをショートパンツに穿き替える。口笛で、でたらめなメロディーを吹く。掠れた音が耳をこすっていく。

　耀子の部屋に戻り、彼女の様子がさっきと変わりないことを確かめてから、戸惑いや逡《しゅん》巡《じゅん》の入りこむ余裕を自分自身に与えずに、耀子を一気に抱え起こす。

「……やだあ……寝させてよお……」

「寝てないんだよ、耀子は。さっきから、もう起きてるんだよ。ほら、風呂に入ろう。体も頭もしゃんとするから」

「……眠いの」

「眠くないって。だいじょうぶ。ほら、俺の肩につかまって」

「……布団、返してよお……あたし、どこにも行きたくない……」

「ほら、歩くぞ。だいじょうぶだから、俺の背中に抱きついていいから、ほら」

　耀子の腕を引き寄せて、背中で体の重みを受け止める。

　ここまでは慣れている。去年までも、耀子を浴室へ連れて行くのはぼくの役目だった。先導役をつとめる玲子は「おいっちに、さんし、おいっちに、さんし」と手拍子を打ちながら耀子を励まし、ぼくに「圭、若いコの感触楽しんでちゃだめよ」といたずらっぽく笑っていた。心の片隅の、ほんの小さな点だったけれど、玲子の冗談はまんざら当たっていないわけでもなかった。

いまはそんな余裕はない。妊娠のせいか、去年の記憶よりも耀子はずいぶん重い。肩の後ろで、乳房がひしゃげている。ふくらんだおなかを圧迫しないように、背負うというより引きずるような格好で廊下を歩く。意志を持たない肉体は、重みをまともに預けてくる。リビングを抜け、ダイニングを過ぎ、ようやく浴室にたどり着く。出しっぱなしのシャワーの音と、狭い浴室にたちこめる湯気の熱気が、よけいにぼくを気ぜわしくさせる。

耀子は脱衣場の床にぺたりと座りこんでいる。壁に背中をもたれかからせていなければ、上体も支えられない。

「よーし、風呂、入ろうぜ」

ぼくは、耀子よりもむしろぼく自身を励ますために一声かけて、パジャマを脱がせていく。横に張り出した乳房があらわになる。肌が引き攣れてしまいそうにふくらんだおなかには、青く血管が浮き上がっている。臍《へそ》が押し広げられ、その少し下がふくらみの頂点になっている。おなかが出っぱっているせいで、陰毛の茂みが奥まって見える。ナイズの大きなマタニティショーツを脱がせると、生臭く、どこか甘いようなにおいが鼻を刺す。

裸になった耀子を抱え起こして、浴室に入る。バスマットに座らせて、シャワーのお湯をかけていく。耀子は、湯気で白く曇った虚空をぼんやりと見つめている。

スポンジにボディソープをつけ、たっぷりと泡立てて、体を洗っていく。人間の体とは意志が入らないとこんなにもふにゃふにゃしたものなのか、とあらためて知る。ビーチボールくらいのサイズのおなかがあるだけで、狭い浴室がいっそう息苦しく感じられる。

首から上とおなかと性器を残して、耀子の体は泡にすっぽりとくるまれる。スポンジをいったん濯《すす》ぎ、新たにボディソープをつけて、さっき以上に泡立てる。汗と石鹸が目に染みる。

壁にもたれかかった耀子は、両脚を投げ出すように伸ばしている。その脚の付け根にはなるべく目を向けずに膝を曲げさせ、脚の開く角度を広げる。そして、自分の腰を引き、腕だけを思いきり伸ばして、黒い茂みの中央にそっとスポンジを当てる。

ショートパンツの中で、ぼくの性器は折り畳まれたみたいに小さく竦《すく》んでいる。いまぼくの目の前にいるのは、耀子だけではない。ぴんと張りつめた、これからもっともっと張りつめていくはずのおなかには、耀子と繋がったもうひとつの命がある。あと四カ月たらずでこの世に生まれ出てくる小さな命とも、ぼくは向き合っているのだ。

性器を洗い終え、ボディソープを注ぎ足したスポンジを、おなかに当てた。

その瞬間、耀子の体がピクッと動き、いままで体の横にだらんとおろしていた両腕が素早くおなかを抱いた。

「……自分で洗うか?」

耀子は黙ってうなずき、途中で何度もスポンジを手から落としながら、円を描くようにおなかを洗った。目の焦点は合っていない。口もだらしなく半開きになったままだった。だが、耀子の手は、おなかにスポンジを滑らせていく。強すぎることなく、洗い残したところもなく、薄く均一な泡がおなかを覆う。それはなんだか円い丘に雪がうっすらと降り積もっているように見えた。

18

静かな日々が過ぎていく。

返事の返ってこない耀子との会話以外に、口を開く機会はほとんどない。十一月、そして十二月と、仕事が減るのに比例して電話の本数も目に見えて減っていた。

〝って感じ〟とも、〝セイウチ〟の一件以来、関係がぎくしゃくしてしまった。十一月中は週に何度かは電話がかかってきていたが、十二月に入ってからはそれも途絶えた。そもそも最初からいい関係だったのかどうかさえも、いまとなってはわからない。

髪の毛が少し伸びた耀子は、それでも玲子とよく似ている。寝顔を斜め上から眺めたときが一番似ているのだと気づいた。

ぼくは毎日、午後の、かなり長い時間を耀子の部屋で過ごす。ベッドの脇に置いた椅子に座り、ぼんやりと耀子の寝顔を見つめ、ときにはウイスキーを啜りながら、いろいろなことを考える。

もしも玲子が事故で死ぬことなく、彼女の裏切りにぼくが気づいていたら、どうなっていただろうか。

もしも耀子が妊娠していなかったら、いまぼくと彼女はどうしているだろうか。

ぼくは変わったのだろうか。もしも変わったのだとしたら、それは玲子が死んだからなのか、裏切りを知ったからなのか、耀子が妊娠したからなのか、『あなたについて』がベストセラーになったからなのか。

そんなことを窓の外が暗くなるまで考える。

十二月十五日。

ぼくは三十歳になった。

その日の午後、駅前の喫茶店で一人の男と会った。痩せて、小柄で、度の強い眼鏡をかけ、手入れの行き届いていない髪の毛の隙間から頭の地肌が覗く、いかにも貧相な男だった。

待ち合わせの時間ぴったりに店に入ってきたその男を、十五分前からコーヒーを飲んでいたぼくは、会釈とともに迎えた。

「わざわざ仕事中に御足労願って、すみませんでした」

ぼくが言うと、彼は「いえ、時間の融通はわりと利く仕事ですから」と低い声で答えた。斜め向かいに座ったとき、いや喫茶店に入ってぼくの姿を認めたときから、彼はずっと目を伏せている。年格好は四十歳を少し越えたあたりだったが、見ようによってはさらに五、六歳上乗せしてもよさそうだった。

ウェイトレスがコーヒーとホットミルクを持ってくる。コーヒーは彼が、ミルクはぼくが注文したものだった。

彼はコーヒーにスティックシュガーを注いだ。手が震えていた。勢いのつきすぎた砂糖がソーサーにこぼれ落ちる。

ふう、とぼくは彼には聞こえないようにため息をついた。玲子の顔を思い描き、おまえはコーヒーに砂糖をどっさり入れるような男が好きだったのかよ、と首をわずかにひねる。

彼はミルクも、ピッチャーに入っていたぶんをすべて注いだ。カチャカチャとスプーンとカップをぶつけながら、何度もかきまわす。

ぼくは、彼が滴の垂れるスプーンをソーサーに戻すのを待って、こわばりがちになる口を開いた。

「呼びつけるような格好になって、すみませんでした」

「いえ……こちらこそ……その……」

「一度、お目にかかっておきたかったんです」

「……私も、一度はご挨拶に……いや……」

言いかけて、彼はちらりと顔を上げ、ぼくと目が合うとまたコーヒーカップにまなざしを落とした。

「玲子は……彼女は、最後、あなたにどんな表情をしたんですか？」

「は？」

「あの日、あなたと別れるときの顔です」

「……笑って……いや、その……」

「ずっとそれを憶えていてやってください」

彼は困ったようにうなずいた。しょぼついた目をしていた。癖なのか、まばたきの何度かに一度、眉をひそめる。最初はもう少し険悪な雰囲気になるかと思っていたが、彼を見ていると、逆に力の抜けた笑みさえこぼれそうになってくる。

ぼくは表面に膜の張りはじめたホットミルクを啜り、組んだ脚を入れ替えて、話をつづけた。

「ずっとね、泣けなかったんですよ。いまもまだ泣いてない。それにかんしては、あなたのせいも、少しはあるかもしれませんね。皮肉じゃなくて」

「……すみません」

「恨むこともできなかったんです。最後はあんなことになっちゃったけど、ぼくたち、ずっと夫婦だったんですから。せめて、一生許すまいとは思ったんです。でも、それもできなかった。自分がこれからどんなふうに彼女のことを思っていけばいいのか、わからなかったんですよ」

「……はい」

「ごめんなさい、意地悪ですね、言い方が」

ぼくが笑うと、彼もほんの少しだけ頬をゆるめた。やっとコーヒーに手が伸びる。一口飲んで、眉をピクンとひそめ、少しでも早く腹に送りこもうとするかのように喉を鳴らす。

「ぼくは感情の出し方が下手くそなんだそうです。たぶん、人と接するのも下手なんだと思います。だから、あなたを怒らせてしまうかもしれませんが、ひとつだけ訊かせてください」

彼は黙ってうなずいた。

ぼくはゆっくりと言った。

「あなた、彼女が死んだあと、泣きましたか？」

まばたきひとつぶんの間をおいて、彼は小さくうなずいた。すみません、という形に口が動く。だが、低く掠れた声は薄い紙をこすり合わせたような音にしかならなかった。

「ありがとうございます」とぼくは言った。

「いえ、そんな……」と彼はあわてて顔の前で掌を横に振った。

ぼくは、胸に残っていた言葉を一息に吐き出した。

「ぼくも、いつか泣こうと思います。彼女は、家に帰る途中で死んだんです。ぼくのことを考えて死んだんだと、信じます。できれば、いつか、もう一度お目にかかりたいと思ってます。そのときに、彼女の最後の笑顔がどんなだったか教えてください。それだけでいいんです。ずっと、ずっと先のことになるかもしれませんが」

彼は、さっき以上の間をおいて、さっきよりは力をこめてうなずいた。

話は終わった。

ぼくが腰を浮かせながら伝票に手を伸ばすと、彼は「いや、これは私が」と初めて素早い動作を見せてそれをつかみあげた。

高架になった駅の改札口まで彼を見送った。線路を屋根にしたコンコースは駅の両側を結ぶ通路として開放されていて、いつも強い風が吹き抜けている。

「寒いですね、今日は」

自動券売機で都心までの切符を買ってきた彼は、肩をすくめ、眼鏡の奥の目をしょぼつかせながら言った。薄くなった髪の毛が風にあおられ、地肌がさらに剝《む》き出しになっている。並んでみると、彼は、ぼくよりも十センチほど背が低かった。

「あそこのコーヒーはおいしいんでしょうね。いい薫りでしたもんね」彼はぽつりと言った。

「もったいない飲み方しちゃいましたよ。あとで胸灼けしちゃいそうです」

「砂糖やミルクは……」

「いつもは入れません。さっきは間が持てなくて……でも、全部入れちゃうことはなかったですね」

初めて、こわばりのない笑顔を見せた。

そのまま改札に向かいかけた彼は、数歩進んだところで立ち止まり、ぼくを振り向いた。なにか言いたそうな顔をしていた。ぼくはしかたなく、彼が進んだぶん、改札に近づいた。

彼はそれでほっとしたように、口を開いた。

「あの……信じてもらえないかもしれませんが……奥さんに、あの日、本をもらったんです」

「本?」

「ええ。『あなたについて』を」

応える言葉を探しているうちに、電車がもうすぐ到着することを告げるアナウンスが響いた。彼はぺこりと頭を下げて、あらためて改札に向かい、ぼくは黙ってその背中を見送った。自動改札機を抜けたあと、彼はもう一度振り向き、会釈をした。ぼくは佇《たたず》んだまま動かなかった。電車が、ぼくの真上を轟音とともに駆け抜けていく。彼は小走りにエスカレータに向かい、そのまま、消えた。

ぼくは電車がホームを出ていくまで改札の前に立ち、何度もため息をついた。線路を叩く電車の音がしだいに小さくなり、やがて消えてから、電車から降りてきた人たちに紛れて歩きだす。歩きながらハイライトをくわえ、掌で囲いをつくって強い風からライターの小さな炎を守り、火を点ける。一口目の煙を吐き出し、入れかわりに息を吸い込んだとき、胸の奥に冷たい風が流れ込んだ。

駅前の商店街にはクリスマス用のモールが飾られ、電柱に取りつけられた朝顔型のスピーカーから『ジングルベル』と『赤鼻のトナカイ』と『きよしこの夜』が順繰りに流れていた。

スーパーマーケットで買い物をすませ、駅前の小さな洋菓子屋でクリスマスケーキの予約をした。去年より一回り小ぶりのものを選んだが、店を出てしばらく歩いてから引き返し、同じサイズに変更してもらった。

ぼくは誰かになにかを伝えることが、とても下手くそだ。誰かの伝えたいことを代弁するのも、おそらくとても下手くそだろう。

けれど、彼に会っておいてよかった。そう思う。


ぼくは三十歳になった。〝セイウチ〟の言うとおり還暦の考え方に従うならば、生まれてから一番遠いところまで来たことになる。


家に帰ると、耀子は昏々《こんこん》と眠っていた。それを確かめてから、ぼくは仏壇に線香をあげた。玲子の笑顔は動かない。彼に会ったことを伝え、スーパーマーケットで買ってきたばかりの、玲子の大好きだったイチゴを供えた。

ハウス栽培のイチゴは、形は整っていたけれど一粒口に入れると強い酸味が無数の針になって口の中ぜんたいを刺した。ぼくは口をすぼめながらキッチンに駆け込み、冷蔵庫からコンデンスミルクを取り出して、仏壇に供えたイチゴにたっぷりかけた。

玲子の笑顔は動かない。動くはずもない。

そのかわり、壁に掛かったドローイングの色合いや構図が、ほんの少しバランスが取れてきたような気がした。

19

十二月二十日。

耀子は昼前に目覚めた。ひさしぶりに自分の力でベッドから起き上がり、リビングのソファーに座ってテレビを観る。まなざしに力があり、画面の動きをちゃんと追いかけている。バラエティー番組の司会者の冗談に、声まであげて笑う。十一月中旬の状態だった。

ぼくは正確にカロリー計算をした昼食をテーブルに並べ、ブラインドのルーバーを調節して陽光を部屋いっぱいに招き入れた。日本列島の上空は、理科の教科書に使えそうなくらいのきれいな西高東低の気圧配置をかたちづくっていた。日本海側は雪が降り、太平洋側はからりと晴れ上がっている。シベリアにはマイナス三十度の寒気団が生まれているが、これが南下するまでにはあと数日はかかるだろうというのが気象庁の見立てだった。

「やっぱり、天気がいいと元気も出るだろ」

ぼくが声をかけると、耀子は視線をテレビからぼくに移し、「うん」としっかりした声で応えた。

長い冬眠の間には、ごくたまにそんな日がある。雲の切れ間からぽっかりと青空が覗くような、休息の一日だ。春に目覚めたときには他の日と同じように記憶の中から消え失せているのだが、その当日だけは、元気な頃の耀子に戻るのだ。

去年までは、玲子はそのチャンスを逃すまいと会社を休み、耀子を美容院に連れていき、外の空気を吸わせて運動不足を解消させるためのピクニックなみの長い散歩につきあっていた。その日のぼくの仕事は、耀子の部屋の大掃除と、腕によりをかけて夕食の御馳走をつくることだった。

中華粥《ちゅうかがゆ》を啜りながら、ぼくは耀子に訊いてみた。

「なにかやりたいことあるか？　なんでもつきあうぜ」

「忙しいくせに、無理しないでいいよ」

「忙しくなんかないさ」

「どうしたの、徹夜つづきだったのに。眠ってる間になにかあったの？」

「世界は変わっちゃいないよ、残念だけど。元に戻っただけなんだ」

「売れない翻訳家になったたってわけね」

「そう。戻っちゃったんだ」

「いいよ、そのほうが。圭さんらしいもん」

「かもな」

「でも、ちょっと圭さん、変わったよ。なんとなくそんな気がする」

耀子はそう言って、ちりれんげを揺すって具の鯛の身や銀杏《ぎんなん》をお椀に落とし、お粥だけを口に運んだ。ぼくは急須《きゅうす》にお湯を注ぐ。

「俺も、自分でもちょっとだけそう思うよ」

ぼくは笑った。急須の中でジャスミン茶がゆっくりと蒸らされ、甘い薫りが立ちのぼる。

「あたしね、ずーっと夢を見てたんだよね。長い長い夢。冬眠中に夢見て、それを憶えてるなんて珍しいんだけど」

「どんな夢だった？」

「雨が降ってるの。霧みたいなちっちゃな粒の雨で、歩いててもちっとも濡れてる気がしないの」

「傘は差してなかったのか」

「うん。なんで差してないのかはわかんないけど、なんかさあ、この雨は傘を差す雨じゃないなって感じてるんだよね、夢の中で。すっごく優しい雨なの。でね、あたし、歩いてるのよ。一人しかいないんだけど、寂しいとか、誰かいないんだろうかとかは全然思わないわけ。気持ちよくってね、今朝、目が覚めたとき、思わずおねしょしちゃったんじゃないかと心配したくらいなの」

「どこを歩いてたんだ?」

「わかんない。ふつうの街だよ。見覚えはないけど、道に迷ってるって感じじゃないのね。どこに行くかもわかんなくて、とにかく、雨に濡れるのがすごく、すっごく、すっごーく気持ちいいわけよ。ほんと、圭さんにもその夢、見せてあげたいくらい」

ぼくは霧のような優しい雨を想像したけれど、あまりうまくいかなかった。

「夢の中で、ちょっとだけ、圭さんのこと思ったんだよ」

「俺のこと?」

「雨がね、圭さんに似てたの。夢の中で雨に濡れて歩きながら、この雨って圭さんみたいだなって思ったんだよね。お陽さまの光よりもずっと気持ちよくしてくれる雨だって、あっていいと思わない?」

耀子はゆっくりと立ち上がった。

ありがとう。そう言いかけて、ぼくは首を横に振る。

「抱きたい」

ぼくは言った。

耀子は言葉ではなにも答えず、そのかわり、かくれんぼか鬼ごっこにでも誘われたときのように、屈託なく笑ってうなずいた。

耀子の部屋のシングル用の毛布に二人でくるまった。ベッドのスプリングがギシギシと音をたてて、耀子の乳首が堅く尖っていくのが胸に伝わる感触でわかる。ぼくのくるぶしから先は毛布からはみ出して、そこだけがいつものぼくを保っているような気がした。

「おなか、邪魔にならない？」

「だいじょうぶ」

ぼくは耀子の肩を抱き寄せ、耀子の指はぼくの性器をまさぐる。ひんやりとした耀子の肌に、それにふれあうぼくの体の温《ぬく》もりが滲《し》みていく。耀子がここにいて、ぼくがここにいる。耀子はぼくの手を取り、おなかに導いた。内側から押し上げるように肌が張り詰めている。乳房よりも、性器よりも、ふくらんだおなかが、耀子が女であることを教えてくれる。

「セックスなんてひさしぶりだなあ。圭さんもそうでしょ」

「ああ。半年以上かな」

「ねえ、あたし、赤ちゃん産んだあとはまた昔みたいに男が欲しくてたまらなくなっちゃうのかなあ」

「もうだいじょうぶみたいな気がするけどな」

「うん……。あたしも、そう思うの」

「ついでに冬眠も治ったりしてな」

「治らなくてもだいじょうぶよ。あたしにも赤ちゃんにも、家族がいるんだから」

耀子はそう言って、ぼくの胸に頬を軽くこすりつけた。ぼくは耀子の肩を抱いた腕に力をこめる。

「ね、そうだよね、圭さん」

「ああ」

耀子はぼくの小さな乳首に歯をたてた。ぼくは耀子のふくらんだおなかに性器を押しつける。

いままで耀子が寝てきた男たちの顔を思い浮かべてみた。誰ひとりとしてぼくは知らない。けれど、なぜか男たちをくっきりとイメージできる。妊娠を知って土下座した男、うろたえた男、耀子の腹を蹴ろうとした男……。最後に浮かんできたのが、玲子とつきあっていたあの男の顔だった。

赤ん坊は女の子だと言っていた。玲子と耀子と、そして春に生まれる赤ん坊。赤ん坊を「娘」と呼ぶことになるのだろうか。それとも「姪《めい》」になるのか。どちらでもいい。耀子のように屈託のない笑顔を浮かべ、けれど耀子のように深すぎる穴ぼこは持つことなく、できれば玲子みたいにぼくのような男とコンビを組まずに、なにがあっても玲子みたいにあっさり死ぬことなく、いつまでも幸せに、ここにいてほしい。生まれてくる家族にぼくが望むものは、それだけだ。

性器を耀子のおなかにこすりつける。性器は堅く、熱くなる。腰から太ももにかけて、電気が走ったように痺れる。張りつめた肌を隔てて、ここに赤ん坊がいる。去年まではいなかった命が、ここにいる。それを確かめるために耀子を強く抱きしめる。

掌が耀子の性器を覆う。熱いような、潤んだ温もりが伝わる。涙みたいだと思った。おそらく、それは、ぼくが啜り泣いているからなのだろう。耀子の舌が、ぼくの頬を顎のほうから撫であげて、涙を消してくれる。

「あたし、絶対に死なないからね」

耀子が言った。顎と喉の境目に息がかかる。

「女は男より最低でも十カ月は長生きしなきゃいけないの。そうしないと赤ちゃんが生まれないから。だから、玲ちゃんは、圭さんより先に死んじゃいけなかったの。ぜーったいに」

「……ああ、そうだな」

「元気な赤ちゃん、産みたいんだよね。冬をきちんと乗り越えられるような、丈夫な赤ちゃん。春が来たらあたしを起こしてくれて、ねえ今年は雪がたくさん降ったのよママ、なんて

「……」

耀子はぼくの性器を掌で押さえた。耀子のおなかと掌に挟まれて、性器は強く脈打つ。耀子の乳首を口に含んだ。強く吸う。乳首から生温かいものが滲《にじ》み出た。ぼくはそれを舌で拭い取り、さらに強く吸う。性器は脈打ちつづける。耀子が小さなあえぎ声を漏らす。性器が、ビクン、とひときわ強く弾けた。耀子は掌をどけることなく、ぼくの性器を包みこむ。


「これで完全だよ。俺たちは、家族だ」

「そうだね」

「俺と……その……結婚する気はあるのか?」

「わかんない。でも、赤ちゃんが圭さんのおかげで生まれるってのは、すごく嬉しいんだ。玲ちゃんも喜んでると思うよ」

「そうかな」

「そうよ。絶対に」

「……だといいな。ほんとに」

「さっき泣いてたね、圭さん。しょっぱかったよ」

「なんで泣いちゃったんだろう」

「そんなの考えなくていいよ。泣くのなんて簡単でしょ」

「ああ」

「セイウチおじさんよりも、上手だったよ」

「……で、誠実だったか？」

「わかんないよ、そんな難しいこと訊かれても。理屈こねるのなんて、やめていいじゃん。赤ちゃんは理屈で生まれてくるんじゃないんだし」

「人は理屈で死ぬわけじゃないし」

「そうそう」

「でも、生き残った人間が死んだ人間について考えるときは、理屈を使うしかないんだよな。もちろん、理屈で考えたって、それが理屈であるかぎり絶対にほんとうの答えなんて出てこなくて、そこが悔しくってしかたないんだけど、ここにいるってことと、ここにいないってことの差は、それくらい大きいんだよ。わかりますとも理解してますとも言えなくて、生きてる奴が死んだ奴の代弁なんて出来っこなくて……でも、わかりたくて……結局、だから人間は忘れるっていう能力を持ってるんだろうけど……」

「ほらあ、また、理屈になっちゃってる」

「だいじょうぶだよ、口だけで、わざと言ってるんだから」

「だったら、その口、邪魔」

ぼくたちは裸のまま口づけを交わし、かわるがわる数をかぞえながら四十回ずつまばたきをした。うたた寝はできなかったけれど、そのかわり深い笑みが浮かんだ。溶けて流れ出てしまいそうな耀子の笑顔を、ぼくは腕と胸で包み込む。いまここにいる耀子を強く抱きしめる。いまはもうここにはいない玲子のぶんも。

夕方から、耀子は再び深い眠りに入った。

ぼくはリビングのソファーに座り、玲子の仏壇と、壁に掛かったドローイングをぼんやりと見つめつづけた。夜が更けるまでに何度か電話が鳴ったが、どれも呼び出し音が十回に達しないうちに切れた。どうしても誰かに伝えなければならないことなんて、ほんとうはなにもないのかもしれない。

眠る前にもう一度耀子の部屋に入り、布団を整え、エアコンの温度設定を少し高めにした。からっぽのベビーベッドの枕元にヌイグルミが置いてあることに気づいた。十一月の終わりに通信販売で取り寄せ、昨日までは箱に収められたままクローゼットにしまわれていたものだった。

ベッドの脇の椅子に腰をおろし、ヌイグルミを手にとった。全身を覆う金色の長い毛が顔まで隠していて、開け放したドアから漏れるリビングの明かりだけが頼りの薄暗がりの中で、それが犬のヌイグルミだということを知るまでにはしばらくかかった。ヨークシャーテリアだ。

体も手足もふにゃふにゃとした、いかにも赤ん坊の肌になじみそうなヌイグルミだったが、指先を沈めると、胴体の奥に堅い感触がある。ぼくはスタンドを点け、首輪代わりのリボンに結わえつけられた小さな解説書の、蟻の四列縦隊のような文字をたどっていった。

《胸の赤いボタンを押しながら、ワンちゃんの鼻に口を近づけて歌ってあげてください。ボタンから手を離したらテープは停まり、自動的に巻き戻されます。再生ボタンは、白いボタンです。ママの子守歌を聴かせてあげれば、ちょっと手を離している間も赤ちゃんはご機嫌です》

要するに、これはマイクロカセットテープレコーダーを内蔵したヌイグルミなのだ。なにか録音してあるのだろうかと、ぼくは耀子の寝顔をちらりと見てからヌイグルミの胸の毛をかき分けて、赤と白、二つ並んだ小さなボタンを捜し出した。

白いほうのボタンを押す。

ざらついたノイズがヌイグルミの腹から聞こえた。

そこに耀子のハミングが覆いかぶさる。か細く、不安定に揺れ、ときどきノイズに負けそうになるけれど、それは確かに子守歌だった。曲名は知らない。寂しげなメロディーの、たしかヨーロッパの、寒い国の子守歌だった。

そして、その声は、玲子によく似ていた。

ふだんは一度も感じてはいなかったし、話しているときの耀子の声を思い出してメロディーにあてはめてもやはり違うのに、《MADE IN HONGKONG》の安っぽいマイクとレコーダーとスピーカーをくぐり抜けると、二人の声はきれいに重なり合う。

違う。

ぼくは首を横に振った。

ぼくの耳が、二人の声を重ねるのだ。他の誰でもない、いまここにいるこのぼくだけが、耀子の声から玲子を聴き取ることができる。声だけではない。ぼくと出会ってから別れるまでのすべての玲子が、子守歌のメロディーに溶け込んでいる。

ここにいたのか、おまえは。

涙がぽろぽろとこぼれ落ちた。

なんだよ、泣くのなんてほんとうに簡単だよ。

鼻を啜りあげて、きつくまばたきをした。

わかったよ。ここだったんだな。

漆喰を塗った部分とそうでない部分の境目から、涙は少しずつ穴ぼこに染み込んでいく。耀子が夢に見る霧のような雨も、きっと、ゆるやかな川の流れになって、彼女の穴ぼこに注ぎ込んでいるのだろう。フラットな幸せ。感情が転がり落ちたり駆け登ったりすることのない、真っ平らな幸せ。玲子はぼくとの日々をそう呼んだ。それは間違いだと、いまならわかる。雨は、必ずどこかへ流れていく。すべての陸地は、いくつかの起伏を間に挟みながらも、最後には海に向かって傾斜していく。もしもどこかに完璧に平らな陸地があったとしても、降り注いだ雨粒は必ず流れをつくる。雨垂れが穿《うが》ったささやかな窪《くぼ》みでもいい。ぼくは、もうそこに漆喰を塗ることはしないだろう。

涙が次々と頬を伝った。

ぼくはおそらく、これからずいぶん涙もろくなるはずだ。

20

十二月二十四日。

大学病院から、入院の準備が整ったという連絡を受けた。

「ベッドは明日の午後から空きますから」と電話をかけてきた女性の事務員は、いかにも病院の事務員らしい抑揚のない口調で言った。

「二十四時間、完全看護でお願いしてるんですが、そっちのほうもだいじょうぶですよね」

「ええ。そのように手配してます」

「どうもすみませんでした」

「じゃあ、明日の午後一時においでください。脈拍や体温のデータもおつけになってるんでしたよね。それも一緒に」

「わかりました」

電話を切って、耀子の部屋に入った。

耀子は昏々と眠っている。しばらく寝顔を見つめていたら、何度か目を閉じたまま笑った。夢の中の優しい雨は、まだ降りつづいているのだろうか。

ベビーベッドの枕元には、ヨークシャーテリアのヌイグルミと並んで、小さなヌイグルミが置いてある。二十三日の午後に航空便で届けられた、〝セイウチ〟からのクリスマスプレゼントだった。メスなのだろう、長い毛にピンク色のリボンをつけ、赤いチェックのスカートを穿いた、オランウータンのヌイグルミだ。ガラス玉とフェルトを貼りつけてつくられた顔は笑っていた。憂鬱さのかけらもなかった。
カードには、癖の強い読みづらい字で、こんなメッセージが記されていた。
《『リンチンチン』のビデオをしこたま買い込んで、上手く泣く練習をしているところだ。実は、来年の夏、息子の嫁がガキを産む。俺もおじいちゃんってわけだ。死んだ女房のぶんも感激の涙を流してやろうと思ってる。女房・息子・孫と三代にわたって嫌われたんじゃたまんないからな。息子の奴、隔世遺伝で親父に似たら最悪だなんて憎まれ口をたたきやがる。でもな、ケイ&ヨーコ、もしも俺に似た孫だったら、俺はもう幸せの絶頂で、笑い方まで上手くなりそうな気がするぜ。メリー・クリスマス。おまえたちに神の御加護がありますように》
カードを裏返すと、追伸が小さな字で綴《つづ》られていた。
《追伸。二作目の小説、今世紀中に書き上げられれば幸せだ。あせることはない。俺はおじいちゃんでもあるが、カンレキを過ぎてレースの二周目に入ったばかりの赤ん坊でもあるんだからな》
買い物に出かけた。午後の早い時間で、商店街は閑散としていた。電柱のスピーカーから流れる音楽は相変わらず『ジングルベル』と『赤鼻のトナカイ』と『きよしこの夜』の繰り返しだった。店先に並ぶクリスマスセールの幟《のぼり》が、曇り空の風を受けてはためいている。

グリル用のチキンを丸ごと一羽と、テリーヌと、生ハムと、メロンと、缶入りの鱶鰭《ふかひれ》スープと、上等のシャンパンを買い込み、最後に洋菓子屋でケーキを受け取った。去年と同じサイズのケーキは、去年よりいくぶん持ち重りがした。


マンションに戻り、夕食の支度にとりかかった。

スパイスをまぶして表面に蜂蜜を塗りつけたチキンをオーブンに入れたときだった。

電話が鳴った。最初は放っておこうと思ったが、十回過ぎてもまだ鳴り響いている。どうしても伝えなければならないことなのだろう。

しかたなく仕事部屋に入り、メモの用意をしてから受話器を取り上げた。

「もしもし」と言う前に先方の声が耳に飛び込んできた。ひどく興奮した声だった。〝って感じ〟だ。ひさしぶりの電話だったが、〝って惑じ〟は挨拶も省いてまくしたてる。

「聞いてくださいよ！　とんでもない話ですよ！　あのおっさん……ぼくらを騙してたんです！」

おっさん。〝セイウチ〟のことだ。

言葉を挟む暇もない。

「いいですか、落ち着いて聞いてくださいよ。うちの会社のロス支社の奴から連絡が入ったんですけどね、あの野郎、作家でもなんでもないんですよ。もう一回言いますよ。あの野郎、作家でもなんでもなかったんです。あいつは、単なる、郵便配達夫なんです！　定年間際のポストマンですよ！　聞いてます？『あなたについて』の小説の作者は、あいつの死んだカミさんなんです！　あの野郎、まんまと作家になりすましやがって……二作目なんて書けるわけなかったんだ……あたりまえだよ、クソッタレが……もしもし？　聞いてます？」

「……ああ……聞いてる……」

「まあ、返事をする余裕なんてないですよね。ぼくも、さっきはそうでしたから。もう、呆《ぼう》然《ぜん》とするしかないでしょ。ハハッ」

〝って感じ〟は声を裏返して笑い、一息ついた。ぼくは机の上の新しいハイライトの封を、苦労しながら切った。なんとかハイライトをくわえ、ライターで火を点けたら、それを待っていたかのように〝って感じ〟は話をつづけた。

「先週、息子が裁判所に訴えたんですよ。詐欺になるのかな、著作権侵害だったかな、具体的なアレはちょっとわかりませんけどね、告訴したのは確かです。そりゃそうでしょう、あの野郎とカミさんは七年前に離婚して、カミさんは五年前に睡眠薬で自殺してます。自殺の理由はノイローゼだってことですけどね、まあ、あそこの国じゃよくある話でしょ。とにかく、要するに、著作権継承者は息子なんです。あの野郎がゼニを取る理由なんて、これっぽっちもないんだから」

「……でも、証拠は……」

「あるんですよ、ちゃんとね。カミさんは毎日日記をつけてたらしいんです。ほとんどが、まあ、夕食のメニューやらテレビの話やらなんですけど、そのカミさん、昔から文学にかぶれてたみたいで、ときどきあんなふうに小説っぽく書いてた日もあったと。でね、カミさんの葬式のとき、あの野郎が家に来て……けっこう息子と揉めたらしいんですけどね、形見分けにその日記を、ひったくるみたいにして持って帰ったらしいんですよ」

「……それが『あなたについて』だったわけか」

「そう。実は、ぼくのところで雑誌に出したでしょ、あの野郎の記事。あれが巡り巡って、ひょっとしたらあっちでも記事になったのかなあ、息子の目に入ったんです。息子はおっ母さんが小説みたいなの書いてたのを知ってましたからね。あの野郎の家に乗り込んで、日記を奪い返して、すべてがわかったってわけです。そうだそうだ、あの野郎、法廷で、不法侵入と強盗と傷害で逆に息子を訴えるとかわめいてるみたいですよ」

ぼくは相槌を打ちながら、あの〝セイウチ〟が誰かに殴られ、大切にしていた日記帳を奪われる光景を想像してみた。うまくいかない。〝セイウチ〟の息子が、〝セイウチ〟以上の巨体と粗暴さを持ち合わせていないかぎり、それはずいぶん無理のある想像だった。

だが、〝って感じ〟は、そんなぼくの気持ちを再び見抜いて「わかりますよ」と言った。おそらく、ニュースを知らされたときの〝って感じ〟も、いまのぼくと同じようなことを考えたのだろう。

「息子のほうも飲み屋の女のヒモみたいな男で、ろくでなしらしいですよ。仲間のちんぴら四、五人と一緒に家に乗り込んだようです。法廷でもひどい泥仕合だそうです。金がからんでますからね。ろくでなし親子の骨肉の争いって感じですかね。カミさんも草葉の陰で泣いてますよ、きっと」

「……来年の春、孫が生まれるんじゃなかったっけ……」

「孫？　知りませんよ、そんなこと。それよりね、カミさんの日記、あいつと夫婦喧嘩した日には必ずああいう小説まがいになってたそうなんです。要するに、『あなたについて』の《あなた》は、あの野郎のことなんですよ。あいつ、カミさんが自分を罵《ののし》ったり責めたりしてる文章を、ご丁寧にタイプで打ち直してたってわけです。ついでに作者の名前まで自分に変えちゃってね。いったいどういう神経してるんでしょうね」

「一日ぶんが、チャプター一つぶんか」

「そうそう、そうなるんですよ。なーにが俳句小説だ。評論家の奴ら、赤っ恥ですよね」

「……でも、どうして……奥さんの名前で発表したってよかったじゃないか……」

「印税を息子にとられたくなかったか、それとも功名心かでしょうね。わかりますよね、気持ちは。定年間際の郵便配達夫なんて、世界で一番無名な存在って感じじゃないですか。それが一躍、極東の島国でベストセラーを生み出した新進作家になったんですから、おっさんの夢は、途中まではちゃんとかなえられたってことですよ」

「……俺たちが、その片棒をかついだわけか」

「そういうことになりますね」

「そんな男には見えなかったけどな」

「人を騙す奴ってのは、たいがいそうですよ」

「でも、奥さんを愛してたんだぜ。絶対に、愛してたんだ。だから、理解も代弁もしてほしくないって……嘘をついてるようには見えなかったんだよ……」

「だから、人を騙す奴ってのは、そのあたりが上手いんですよ。そうでなきゃ騙せないでしょ。違いますか？」

ぼくは黙ってかぶりを振った。

〝って感じ〟は話をつづける。

「向こうではさっそくゴシップ雑誌が動き出してます。近所の人のコメントなんかも集まってるらしいんですけどね、みんな言ってますよ。あのおっさんほど平凡で退屈でおもしろみのない奴はいなかったって。まあ、郵便を配達するのに波瀾《はらん》万丈の人生なんて必要ありませんからね。もちろん、作家にだってそんなもの絶対に必要とは思いませんけどね、ぼくは」

「……ああ、そう思うよ」

灰皿に落とすタイミングを失っていた煙草の先の灰が、ズボンの膝にぽとりと落ちた。電源の入っていないワープロの、緑色とネズミ色の交ざったディスプレイに、ぼくの顔がぼんやりと映っている。

「まあ、ぼくらにとっちゃ、作者がカミさんだろうが誰だろうが関係ないですからね。来年早々にも、もう一回増刷できそうですよ。話題性ありますからね。そんなに部数は多くないと思うんですが、お年玉代わりって感じで楽しみに待っててください」

〝って感じ〟はハハハハッと、声を張り上げて笑った。ぼくは受話器の通話ボタンに指を載せた。軽く押し込めば、〝って感じ〟とのラインは、この電話だけでなく、簡単に断ち切られるはずで、そうすべきだとも思った。

だが、その前に〝って感じ〟の笑いはあっけなく消えた。かわりにため息が漏れる。ぼくも受話器を握り直し、やっと煙草の灰を灰皿に捨て、そのまましばらく間が空いた。

「……なんか、哀しくなっちゃいますね」

〃って感じ〃は、ぽつりと言った。さっきまでの興奮は消え、言葉をそっと唇の縁から滑り落とすような口調だった。

「実はね、昨日、あのおっさんからクリスマスカードが来たんですよ。孫のことは書いてませんでしたけど、次回作の構想を練ってるから翻訳者はケイにしろってね。いま……それを机の上に置いて、電話してるんです」

ふう、とため息が伝わる。ぼくは煙草を揉み消し、ワープロのディスプレイに映るぼくから目をそらした。

「哀しくなりますよね、マジに。だって、どう考えたって、このカードは裁判沙汰《ざた》になってから書いてるんですよ。こんな哀しい話って、あります?」

また、しばらく沈黙が流れた。ぼくは〃セイウチ〃との会話や彼の仕草をひとつずつ思い出していった。無理してたのかな、と苦笑いとともに首をひねる。どこまでが地のままで、どこからが演出だったのか、せめてオランウータンの話と奥さんが死んだときに泣けなかった話だけは、ほんとうであってほしいし、きっと嘘じゃないはずだとも思う。

〃セイウチ〃は小説家ではなかった。誰かの伝えたい言葉を代弁や演出なしに別の誰かのもとに送り届ける郵便配達夫だった。耀子の見立ては正しかった。きっと、ぼくと〃セイウチ〃の抱えている穴ぼこはそれぞれ同じような輪郭をしていて、ぼくは漆喰塗りが上手く、

〝セイウチ〟はお芝居が上手かったのだ。

新しいハイライトに火を点ける。一口目の煙を吐き出すと、わずかに苦笑いが漏れた。職業や肩書はどうであれ、〝セイウチ〟はぼくと同じ種類の人間で、あの日ここにいて、いまもどこかにいる。いるということは、いないことに、あらゆる点において勝る。そう言ったのは〝セイウチ〟だ。世をはかなんで自殺するようなタマじゃないものな、と思いかけ、でもそれも演技だったのかもしれないな、と首をひねり、まあどっちでもいいんだけど、と口をすぼめて煙草の煙をワープロのディスプレイにぶつけた。

「それにしても……」〝って感じ〟が言った。「本気で二作目は自分で書く気だったんでしょうかね」

「はあ……」

「今世紀中に、たぶん、書くつもりだったんだよ」とぼくは答える。

「たとえ刑務所にいたって小説は書けるさ。オー・ヘンリーも横領罪で捕まってから小説を書きはじめたんだ」

「へえ、そうだったんですか」

「もしも小説が書けたら、翻訳するよ。いいかな」

「もちろん。ぼくが編集で仕切りますよ。なんたって、とりあえずはベストセラーを出した黄金トリオですからね」

〝って感じ〟は、そう言って笑った。送話口のマイクは椅子の軋む音を拾い、笑い声を妙にくぐもらせて伝えた。

「でも、その前に」〝って感じ〟は、もう一度やり直すみたいに笑う。「刑務所にぶちこまれたら、焼酎でも差し入れてやりましょうか。ストロー・ジュースだとかなんとか言って看守をごまかして」

「カボスも忘れずに持っていこう」とぼくも笑う。あまり上手くないけれど。

「なんかねえ、ぼく、この話を小説かなにかにしようかなって感じなんですよね」

「……やめときなよ」

「わかってますよ。冗談です」

ぼくたちは、ほぼ同時に笑った。今度こそきちんと笑うぞ、とぼくは自分に言い聞かせた。たぶん〝って感じ〟も同じ気持ちだろう。同じであってほしい、と思う。

夜が更けるにつれて、ひどく冷え込んできた。シベリアから南下してきた寒気団が、この街も覆いつくしてしまったのだ。ニュースは日本海側の大雪を伝え、東京でも夜半からみぞれ交じりの雪が降り出すだろうと言っていた。

耀子は、まだ眠りつづけている。

シャンパンは、玲子の仏壇に供えた一杯を除き、すべてぼくの腹に収まった。グリルしたチキンは手つかずのままで、鱶鰭スープの湯気も消えてしまった。

ぼくはリビングのソファーに座り、ため息と一緒に逃げ出そうとするシャンパンの酔いを引き留めるように、ウイスキーの薄い水割りを少しずつ口に運んだ。

テーブルの上には、夕方に速達で届けられた封筒がある。玲子の同僚に送ってもらった。まだ封を切っていないその中には、春夏秋冬、四つの季節を舞台にした四枚の玲子の写真があるはずだ。「ピントはずれでもいいし、ぶれててもいいし、ちっちゃく写ってるだけでもいいですから、とにかく笑っているやつにしてください」と二日前に電話でリクエストしておいた。

水割りをオンザロックに切り替えて、封筒を開けた。約束どおり、四通りの玲子の笑顔が、そこにあった。

冬の写真を手にとって、しばらくそれを見つめてから、仏壇の写真と入れ替えた。ノースリーブのワンピース姿の玲子が、スキーウェアに身を包んだ玲子に交替する。三人並んだうちの右端、粒子の粗い、輪郭のはっきりしない、小さな笑顔だった。

仏壇のロウソクを灯したマッチで、ハイライトに火を点けて、一口目の煙とともに「メリー・クリスマス」と玲子につぶやきかけた。渦を巻く煙が瞼にかかり、目をしばたたくと、涙が滲んだ。確かに、泣くのなんて簡単なことなのだ。

明日からの入院の準備を整え、三杯目のオンザロックを飲み干してから、キッチンにたった。コーヒーメーカーに豆と水をセットする。ふだんより濃いめにした。

冷蔵庫からケーキを取り出した。《Merry X'mas》と書かれたチョコレートのプレートと、パウダーシュガーを雪に見立てたウエファースの山小屋と、プラスチックのモミの木が飾られた、ありきたりのデコレーションケーキだ。

それを持って耀子の部屋に入った。

耀子は両膝を立てて眠っている。

ケーキをドレッサーの鏡の前に置き、山小屋の隣にサンタクロースのロウソクを立て、火を点けて、部屋の明かりを消した。

小さな炎が、不安定にゆらめきながら部屋をぼんやりと照らし出した。鏡に映る炎のほうが、ほんものよりも明るく思える。

椅子に座ると、昼間の電話のことが蘇ってきた。〝セイウチ〟の顔や声も一緒に。

恨む気はないし、腹も立たない。正直に言えば、〝って感じ〟のように哀しいとも思ってはいない。もしも哀しさを感じるとすれば、〝セイウチ〟がひとりぼっちだということだけだが、それすらも〝セイウチ〟らしくていいじゃないかとも思う。

ベビーベッドを振り返り、手を伸ばしてヌイグルミを二つ取った。オランウータンと、ヨークシャーテリア。両手でしっかりと抱きかかえる。

今世紀中に書き上がるはずの〝セイウチ〟の新しい小説を、楽しみに待ちたい。ぼくがいま思うのは、それだけだ。

ぼくはきっと、少なくとも今世紀中は代弁の下手くそな翻訳家でありつづけるだろう。生硬でおもしろみのない、電動泡立て機の取り扱い説明書のような文章をワープロに打ち込み、編集者に嫌みを言われたりあきれられたりして暮らしを紡ぎながら、〝セイウチ〟から原稿が送られてくる日を待つのだ。二十世紀最後の年まで、あと七年。ぼくは三十七歳になり、耀子は三十一歳になり、春に生まれてくる赤ん坊は七歳になり、玲子は二十九歳のままだ。

子守歌が聞こえてくる。

オランウータンのお嬢さんは、ガラス玉の目でロウソクの炎を弾きながら、にこにこ笑っていた。

子守歌は三コーラス目に入った。

ぼくは二体のヌイグルミを片手に抱き、ベッドの脇にしゃがみこんだ。耀子は規則的な寝息をたてて、頰と唇に少し笑みを浮かべて眠りつづけている。

掛け布団の下から手を差し入れた。パジャマの裾をめくりあげ、ふくらんだおなかをそっと撫でて、そのふくらみの頂きに掌を載せる。

耀子の寝顔を見つめる。ロウソクの炎がゆらめくのに合わせて、顔に落ちる影も形を変え、息遣いに重なっていく。子守歌も、顔も、もう玲子には似ていない。玲子は遠いところに旅立ってしまったのだ。ぼくは看病の得意な男だった。去っていくものを見送るのも、きっと上手くなったのだろう。訪れるものを出迎えるのは、それは次の春になればわかる。

掌が、かすかに押し上げられた。

赤ん坊が動いた。

ここにいる、と伝えた。

わかってる。ぼくはうなずいた。君の伯母さんの話だよ。かわいそうな伯母さんの話だ。写真と思い出話でしか会うことはできないけれど、君の家族の一人だ。

ぼくの息がかかったのか、耀子はくすぐったそうに頰をゆるめた。

霧のような雨は、まだ降りつづいているのだろうか。雪に変わることもあるのだろうか。春になればその雨も消えてしまう。耀子は冬の間の記憶を背負うことなく目覚める。ぼくは「おはよう!」と耀子に笑いかけて、今度こそ「世界は変わったよ」と言うだろう。赤ん坊の泣き声がそこに重なるかもしれない。

次の春は、きっとにぎやかだ。


熱く苦いコーヒーを一口啜って頭をしゃんとさせ、ワープロの電源を入れた。ぼくの顔の輪郭が映り込んでいたディスプレイに、機能選択モードの画面が浮かび上がる。

コーヒーをもう一口。カーソルを動かして、新規文書入力モードに切り替えた。

壁のスケジュール表は、すでに来年の一月のものになっている。一番近い締切日は、年が明けて二週間後。年明け早々にファクシミリで送られてくるはずの、アリゾナ出身のロックバンドの新譜レビュー。それを、スケジュール表に記された数字によれば、二十字の二百行で日本語に訳す。売れない翻訳家としては、可もなく不可もなくの忙しさだ。

椅子にきちんと座り直し、背筋を伸ばしてキーボードに指をかけた。酔いはまだ完全に醒めきってはいないが、暖房を点けていない仕事部屋にはどこからかナイフのような夜明け前の冷気が忍び込み、頭の芯《しん》にこびりついたつまらないものをこそげ落としていく。

今年の冬至は十二月の何日だったんだっけ。ふと思い、それを苦笑いですくい取った。何日だってかまいはしない。夜の一番長い日は、もう終わった。あとは少しずつ春に、向かうのか戻るのかわからないけれど、とにかくぼくたちは近づいていく。

コーヒーを、さらにもう一口。

誰かに伝えるべきなにかが、ぼくにあるのかどうかはわからない。

けれど、春になるまで、ぼくはぼくのために電動泡立て機の取り扱い説明書のような文章を綴ってみようと思う。

おはよう。目覚めた耀子に、生まれてくる子供に、ぼくは真っ先に「おはよう！」と言うだろう。そこにたどり着くまでに、ぼくは長い冬を乗り切らなければならない。

できるかい？

〝セイウチ〟が訊く。

できるさ。

ぼくが答える。

ハイライトに火を点けて、ぼくはゆっくりと指を動かした。

画面に、言葉が並んでいく。

《耀子は、一九八〇年代の冬を知らない》

あとがき

最初の一行をワープロに打ち込んだとき、ぼくは二十九歳だった。

校正刷りに記された最後の一行を読み終え、このあとがきの文章に取りかかっているいま、ぼくは三十歳だ。

もちろん、誕生日、あるいは年齢など、たいして意味のない区切りなのかもしれない。長距離走者がうんざりするくらい何度も何度も踏み越えていく、石灰で描かれたスタートラインのようなものだ。ラップタイムを計るのはトラックのどこでだって可能だし、ラップの揺らぎを気に病むほど優秀なランナーだとは自分でも思えないし、だいいちゴールはまだまだ遠い。

けれど、この作品にかんしては、書き始めの年齢と脱稿時の年齢を記しておきたかった。最初の一行と最後の一行にどれほどの違いがあるか、ワープロの文字や校正刷りの活字は何度読み返してみても薄っぺらで、なんだかぼくの過剰な思い入れを笑っているような気もするけれど、でもほんの少しだけでも違っていてほしいな、とは思う。違っていてほしいという思いだけでも誰かに届いてほしいな、とも。

読んで下さった方々に、心からの「ありがとう」を伝えたい。

また、この作品が一冊の書物となる過程で、三人の編集者から大きな励ましと幾つもの適切な助言を受けた。見城徹氏、石原正康氏、そして菊池信夫氏に深く感謝する。過去二作の小説にはあとがきをつけなかったぼくが、初めて蛇足まがいの文章を綴る気になった理由のひとつには、彼らの名前をぜひ書き留めて、この作品の伴走者になってもらいたかったということがある。

一九九三年十月

重松　清

〈文庫版のための付記〉

単行本版のあとがきにも名前のある見城徹さんが石原正康さんらとともに興した幻冬舎、その文庫ラインナップに本書を加えていただけたのは、著者としてなによりの喜びである。単行本の版元である角川書店のご理解とご厚情に心より感謝する。

また、文庫化の編集作業は、菊地朱雅子さんに労をとっていただいた。いまは編集の現場を離れて、新たな世界へと足を踏み出していった単行本版の担当編集者・菊池信夫さんのご活躍を祈念するエールとともに、菊地朱雅子さんに謝意を捧げたい。

解説

藤田香織

私は重松清の小説が苦手だ。

彼の小説を読むときは、いつも細心の注意を払う。たまっている仕事を無理やり片付け、電話がかかってきそうな相手には先手を打って連絡し、投げ散らかした雑誌類をソファの上から下ろし、部屋の温度も「快適」と思えるように設定し、準備万端整えて、それでやっと本を手に取る。

憂鬱な気持ちに拍車のかかるような雨の日や、胸に闇の色が溶け込んできそうな夜には、絶対手を出さないようにしている。そうでもしないと心が負けてしまうからだ。

なるべく平常心で読めるように、これだけあれこれ気をつけて、それでもまだ彼の小説を読んだ日は、なんだか脱け殻のようになってしまう。

　できる限り目を逸らして、見ないように見ないようにしてきた傷を、目の前に突き付けられた気になる。読んでいるうちに、登場人物たちの哀しみや憤りや行き場のない苦しみが、胸に降り積もってくる。なのに涙でそれを流してしまうことは許されない。

　よく重松清の作品は「泣ける」と評されるが、実は私はまだ彼の小説を読んで泣いたことがない。いや、「泣きそうに」は何度もなった。でも泣けないのだ。重松清は決して安易に泣かせてはくれない。そこがまた、なんとも憎い。あと一行、あと一言あれば涙がこぼれるギリギリのところで、泣かさず物語を先に進めてしまう。「お涙頂戴」的に物語を涙で誤魔化したりはしないし、「めでたしめでたし」と都合良く話をまとめたりも絶対にしない。

　泣かせてくれれば楽になれるのに、結末を用意してくれれば納得できるのに、そうせず、重松清はただ問い続けるのだ。

「家族って何？」

「生きる意味って何？」

「学校って」「社会って」「友達って」「勉強って」「故郷って」……。

　彼の小説を読むと、その問いについて考えずにはいられなくなる。だから最後まで気が抜けず、深い呼吸さえできず、読み終えても「終わり」のない物語がいつまでも頭から離れず、身も心も本当に疲れてしまう。

　嫌らしいと思う。憎いとも思う。そして私はいつも、重松清を「怖い」と思っている。


　私が初めて「重松清」という名前を目にしたのは、一九九三年。本書が発売されたときだった。親本の出版社が発売していた情報誌でブックレビューを書いていた関係で、まだ書店に並ぶ前の本書を手にしたのだ。

　しかし私はそのとき、あっさり本書を「未読本」の山に積み上げた。

　理由は単純。「『重松清』だったから」である。

　重松清。もう何度も話題になっていることだが、この名前はとても威厳があり、重みがある。けれど当時の私はその重みを「若者雑誌向きじゃない。オヤジくさい」と感じ、「オヤジに違いない」→「オヤジ本に用はない」とバッサリ本書を切り捨てたのだ（後にこの筆名は著者の本名だと知って驚いた。〇《ゼロ》歳の重松清、五歳の重松清、十七歳の重松清……当たり前だけどなんだか凄い）。

　結果的に私が「重松清」の作品を初めて読んだのは、それから一年と少し後の九五年一月に刊行された初短篇集『見張り塔から　ずっと』（新潮文庫）だった。前作と同じ経緯で手にしたこの本を、これまた同じように投げ出していたのだが、ある日新装開店のパチンコ屋に並ぶ暇つぶしの本を山の中から見繕っていた私は、「パチンコに行くならオヤジ本もいいかな」と思い、ほんの気まぐれで「重松清」を選んだ。

だが、既にこの作品を読んでいる方にはわかって頂けると思うが、この選択は大間違いだった。開店前の殺気と熱気の渦巻くパチンコ屋の前で、新興住宅地の「いじめ」をモチーフにした「カラス」を読み始めた私は、その後パチンコを打つ気力をすっかりなくし、店の前のファミリーレストランで『見張り塔から　ずっと』を読み終えた。

ショックだった。そのときの自分の気持ちを言葉に表すと、ただただショックだった。こんな小説を書く人がいたのか、と思った。小説というのはフィクションで、だからその世界に入っているときは、現世を忘れることができて、読みながら喜び、怒り、哀しみ、驚喜して心を動かされ、だけど本を閉じてしまえばその世界は終わるものだと思っていた。

けれど、初めて読んだ重松清は違った。私は『見張り塔から　ずっと』に登場する場所同様のニュータウンで暮らしていて、表の顔と裏腹の地元の陰湿さも知っていたし、自殺した肉親をもつ友人も、若くして成り行きで結婚した友人もいた。でも、そんなことにはなるべく触れないようにして、それまで生きてきていたのだ。見ないようにさえしていれば、傷つくこともなく、心乱すこともなく、平穏に生きていける。

それなのに、重松清は私に、読者に、目撃させようとしていた。誰にとっても「遠い夢物語」ではなく、極めてリアリティのある設定で、登場人物の苦しみや痛みを見せつける。見せつけておいて、心を乱しておいて、すっと一歩下がるように結末は読者にゆだねる。

当時お気楽新妻だった私は、こんな小説を書けるのは「やっぱりオヤジだからに違いない」と思い、慌てて経歴を見た。そしてさらにショックを受けたのだ。

一九六三年生まれ。自分とわずか五歳違い——。その事実に指が震えた。

わずか五歳の差とは思えないほど、私は子供で、重松清は大人だった。それはとても衝撃的で、驚異的で、そしてなぜかどうしようもなく、屈辱的なことのような気がした。

だからそれからしばらく、私は意識して重松清を避けた。

しかしいくら私が避けても、この時期、重松清はじりじりとその存在感を増していった。『見張り塔から　ずっと』が山本周五郎賞の候補になり、九五年九月には『舞姫通信』（新潮文庫）が刊行され、翌年七月の『幼な子われらに生まれ』（幻冬舎文庫）は吉川英治文学新人賞の候補作になる。ちょうどそのころ、レビューを書いていた雑誌で「著名人が選ぶ、私のお薦め本ベスト3」というような企画が持ち上がり、取材に出掛けると、またそこで「重松清」という名前を聞く（「今一番注目している作家は重松清です。この人はこれから絶対出てくる作家だと思うし、そうでなければおかしいと思う」とピンと背筋を伸ばして語られた篠田節子さんの姿が忘れられない）。

さらに思いがけない場所でも、その名前を耳にした。ふとしたことからドラマのノベライズを書くことになり、その担当編集者から「この本書いたのって作家なんだよ。だから構成とか文章とかいいんだよね。ちょっと読んで勉強しといて」と人気ドラマのノベライズ本を手渡されたのだ。「ノベライズ・田村章」とあるのを見ながら何の気なしに「作家って何ていう人ですか？」と聞いたら「重松清だよ、知ってる？」と逆に尋ねられてしまった。

さらに九七年十一月、『ナイフ』（新潮文庫）が発表されると同時に、「重松清」の名前はあらゆる雑誌や新聞の書評欄に載るようになった。私が「怖い」と遠ざけ続けていた作家を、誰もが「いい」と、「泣ける」と誉める。またその頃、自分が創刊以来通勤電車で毎週読んでいた週刊誌の書評欄を書いていた「岡田幸四郎」が、重松清の主に評論時においてのペンネームだということも知り、そこに来てようやく、重松清の小説から目を逸らすことを諦めた。

「重松清をちゃんと読もう」と思いなおした私は、まず本書『四十回のまばたき』を捜し出すことから始めた。うっすらと埃のかぶった未読本を入れたダンボールを開け、次々と本を取り出す。四年前にしまいこんだはずの本を、思いがけずすぐに見付けられたのは、そこに重松清を眠らせているという自覚があったからだと思う。

散らかった部屋の真ん中で、本書を読み始めた。そしてそのとき、私は作者がこの物語を書き始めたのと同じ、二十九歳だった。

さて、すっかり前置きが長くなってしまった上に大変恐縮なのだが、実は三年前に本書を読んだとき、私はこの物語がよくわからなかった。

本書の主人公・圭司は、ある日妻の玲子を事故で亡くす。玲子には冬になるとまるで冬眠するかのように眠ってしまう妹の耀子がいて、毎年冬が近付くと圭司たちの家にやって来て「冬眠」していた。玲子の葬儀が終わり、圭司はふとしたことから妻に恋人がいたことを知る。やりきれない思いを抱えた圭司は、「誰とでも寝る」と玲子から聞かされていた耀子と一晩を共にしてしまう。その場だけのつもりだったが、それから数か月後、耀子はいつもの年と変わらぬ様子で一人暮らしの圭司の家へ「冬眠」にやって来る。しかも誰の子か定かではない子供を妊娠して。

物語は翻訳家でもある圭司が、玲子との日々や耀子との暮らし、アメリカ人作家の〝セイウチ〟との付き合いの中で、自己を見つめ直し、家族の在り方を考えてゆくというものだ。『見張り塔から　ずっと』を読んだときのような感情をつきつけられる怖さもなく、耀子の〝季節性感情障害〟という病気も実感することが難しく、〝セイウチ〟の言動の意味も、玲子が圭司ではないほかの男になにを求めていたのかも、圭司がなぜ泣けないのかも、耀子がどうしてそうまでして子供を産もうとするのかも、そして何より「家族」の意味も、なにもかもがなんだかよくわからなかった。小説を読んで「わかる」ことは、必ずしも大切ではないと思うけれど、それにしてもそのときの私は、作者が何を伝えたいのかも摑みきれずに、ただただぼーっとするばかりだった。『見張り塔から　ずっと』のように、ストレートに心に届いてはこなかったのだ。

けれど今回、この原稿を書くにあたって久しぶりに読み返してみると、ちょっと印象が違った。最初に読んだときには気にもならなかった細部が、やけに心にひっかかる。それは「わが家にはたくさんの物があった。けれど、ぼくと玲子が共有していたものはひとつもなかった。あらゆるものがぼくのものか、そうでなければ玲子のものだった」という描写や、上手く怒れない圭司と上手く泣けない〝セイウチ〟の対比や、〝血縁〟と〝家族〟の違いについて、だったりするのだけれど、なにより一番違ったのは読後感で、私はこの小説を「好きだ」、と思った。

初めて本書の親本を読んだときから三年。この間に私は離婚し、鬱状態になって精神科に通ったこともあり、〝家族〟についても自分なりにいろいろ考えることも多かった。初めて重松清を読んだときより、ほんの少しだけ「大人」になったとも思う。でも、だからと言って、読み返したこの作品を身近に感じることはできなかったし、主人公の気持ちに入っていって、共感できたわけではない。それは何度も読み返した今も変わらない。

ではなぜ、それでも本書を好きだと思ったのか。

恐らく、今この本を手にしている読者のほとんどは、重松清の作品を既に何冊か読んでいると思う。多くの読者が知っている重松清は、誰もがちょっと周りを見渡せば、モデルとなる知人を思い浮かべられそうな身近な家族を題材に用いた話を丁寧に描き、涙を誘う（誘う、だけであるが）。直木賞に王手をかけたとも言われ（この文庫が出版された時には受賞している可能性だってある）、長篇も短篇もどちらも違った味があり、その味に相応しい材料を吟味しようと、絶えず五感を研ぎ澄ましているようなイメージがある。

実際、『見張り塔から　ずっと』以降の作品には、一貫して作者の目が作品に生かされているように思う。本当にそうなのかは別として、重松清がどこかで見てきたに違いない、と思わせるほどのリアリティが積み重ねられ、だから登場人物の不安は読者の不安になり、彼らの哀しみに胸がしめつけられるのだ。いや、それはデビュー作の『ビフォア・ラン』も同じである。あの八〇年代独特の風俗や空気感は、作者が、そして場所や時代に差はあれど、多くの読者が見てきた世界の物語なのだ。

しかし、本書は違う。残念ながら私は重松清の二作目となる『私が嫌いな私』は未読なので、それを除いて考えると、本書『四十回のまばたき』だけが、この小説だけが、何だか色が違うのだ。

でも、私はそこが好きだ。「重松清」と聞けば、誰もが思い浮べる色をまだ持たず、けれどまがりなりにも既に二作の小説を発表していて、自分が何を書きたいのか、何を書けるのか、確かめながら一行一行を埋めているような堅さがいい。売れっ子のライターとしての下地があり、恐らく「書く」ということに関して技術的な苦労はほとんどないまま作家になってしまった重松清が、周囲を見るのではなく、何度も足元を確かめながら書いたのが本書ではないかと思うからだ。

よく言われることではあるが、デビュー作一本だけなら、それなりの文章力と感受性があれば誰にでも秀作が書ける。けれどそれを「作家」として続けていくのは難しい。書かずにはいられないほど独特な半生を過ごしてきたり、特異な経験があったり、社会や人々に訴えたいことが山ほどある作家はある意味幸せだ。締切のきっちり決まったノベライズや、与えられたテーマにそって原稿を書くライターと作家の仕事は似ているようで、まるで違う。誰かが「これを書きなさい」と言ってくれるものではないし（そういう作家もいるが、それはある程度、作家のカラーが出てきてからの話だ）、書きたい題材など、そうそう見つかるわけではないだろう。

恐らく二十九歳だった本書を書き始めたときの重松清は、「自分が何を書きたいか」「何をこれから書いていくのか」まだよく見えていなかったのではないか。けれど心の中にはなんとなく、書きたいものの姿があって、書き進むうちにその輪郭が徐々にはっきり見えてきて、書き終えたときにはなんとなく、そのテーマを摑みかけた——。

それが今の重松清を語る代名詞とさえなった「家族」という題材なんだと、私は思うのだ。はからずもライター・田村章は、著書『だからこそライターになって欲しい人のためのブックガイド』（九五年二月、太田出版）の中森明夫との対談で、こんなことを述べている。

「ゴーストでもリライトでも、ワープロに向かっているときの僕は対象者になりきって、対象の世界に入り込んでいるという自負はあります。（中略）そう考えると、小説は、リライトの対象になるのが自分自身の頭の中にあるイメージなり物語なりである……僕はそんなふうに考えていますけど。ちょっと綺麗事すぎるかな」

この対談が行なわれたのだ九四年二月。本書の親本が発売されて三カ月後のことである。

今私たちがもっている重松清に対する印象や評価、期待は、最初からあったわけではない。読者が少しずつ、重松清を知っていったように、重松清もまた少しずつ、重松清になってきたんだなと、当たり前のことを教えられたような気がして、なんだか少し嬉しくもなった。

「重松清」を語るうえで、本書は実に大きな、欠かすことのできない分岐点となった作品なのだと思う。

「憎い」「怖い」と言いながらも目が離せず、この数年で私は『私が嫌いな私』以外の重松作品をすべて読んでしまった。恐がりのくせに、怪談をせがむ子供のように彼の新刊はいつも待ち遠しい。

でもだからと言って「好きな作家は誰？」と聞かれても、「重松清」とは答えられない。好きではないと思う。好きだと言うのには抵抗がある。けれどどうしようもなく、気になるのだ。それはたぶん、認めたくない自分の心の暗い部分を代弁してくれるからなのだろう。それも重松清は自分で語らず、登場人物たちに語らせ、無理やり答えを出すこともなく常に問い続けている。だから重松作品の主人公たちも皆また、道半ばなのだ。

本書で、圭司は「街中の伝えたいことが集められ、それぞれの目的地に散っていくのに、代弁も演出もしないポストのような存在でありたい」と語っているが、重松清はこのポストでいようとしているようにさえ、思う。だからこそ、過剰な演出もせず、読者が泣きそうになっても背中を押さず、ただ物語を書き進めるのだ。作家は自己顕示欲のかたまりだと世間では言われるが、この潔さは何なのだろう。

その理由もまた、本書にあるような気がする。

今わからないことも、次に読めばわかるかもしれない。今見えないこともまた、そのうち見えてくるかもしれない。

道半ばだからこそ「いつか」の希望が持てるのだ。

弱くて、狡くて、情けない自分。でも目を逸らさず今日を生きれば「いつか」に一歩近付く。重松清は決して手を差し伸べてくれるわけでもなく、勇気づけてくれるわけでもない、不親切極まりない作家だけれど、どこかでちゃんと、立ち上がる人々を見ている。

だから私も、その立ち上がる人を書く、重松清を見続けたいと願わずにはいられない。

——文芸評論家

この作品は一九九三年十一月角川書店より刊行されたものです。

幻冬舎文庫

●好評既刊
ビフォア・ラン
重松　清

「今の自分に足りないものはトラウマだ」と思い込んだ高校生・優は、「トラウマづくり」のため死んでもいない同級生の墓をつくった――。「かっこ悪い青春」を描ききった、著者のデビュー長編小説。

●好評既刊
幼な子われらに生まれ
重松　清

三十七歳の私は、二度目の妻とその連れ子の二人の娘とありふれた家庭を築く努力をしていた。しかし、妻の妊娠を契機に家族にひびが入る――。「家族」とは何かを問いかける感動の長篇小説。

●最新刊
いとしい
川上弘美

母性より女性を匂わせる母と、売れない春画を描く義父に育てられた姉妹ユリエとマリエ。温かく濃密な毎日の果てに、二人はそれぞれの愛を見つける……。芥川賞作家が描く傑作恋愛小説。

●最新刊
4U　ヨンユー
山田詠美

毒きのこを食べに長野に出かけたマル、彼への桐子の想いを綴る「4U」。右手のない渚子、彼女の義兄への激しい想いと、熾烈な自己愛を描く傑作「天国の右の手」他。9つの恋の化学反応！

●好評既刊
24・7〈トウェンティフォー・セブン〉
山田詠美

「性愛の技巧は、常に、情熱に比例する」〈24・7〉……。大人だけに許される不慮の事故という名の恋。感覚が理性を裏切った9つの濃密な愛のアクシデントを描く山田詠美傑作小説集。

四十回《よんじゅっかい》のまばたき

重松清《しげまつきよし》

平成12年8月25日　初版発行
平成25年7月25日　15版発行

発行人——石原正康
編集人——菊地朱雅子
発行所——株式会社幻冬舎
〒151-0051東京都渋谷区千駄ヶ谷4-9-7
電話　03(5411)6222(営業)
　　　03(5411)6211(編集)
振替00120-8-767643
印刷・製本—株式会社 光邦
装丁者——高橋雅之

検印廃止

幻冬舎文庫

ISBN4-344-40010-0　C0193　し-4-3

幻冬舎ホームページアドレス　http://www.gentosha.co.jp/
この本に関するご意見・ご感想をメールでお寄せいただく場合は、
comment@gentosha.co.jpまで。